Rückwärtsläufer

oder

Die Kunst, einen Morro zu besteigen

Mir selbst gewidmet.
Alle Personen in den Geschichten sind fiktiv.

„Att åldras är som att bestiga ett berg. Man blir andfådd,
men får en mycket bättre utsikt." (Ingmar Bergman)

Wilfredo Lange

Rückwärtsläufer

oder

Die Kunst, einen Morro zu besteigen

Erzählungen

Bibliografische Information der Deutschen Nationalbibliothek
Die Deutsche Nationalbibliothek verzeichnet diese Publikation in der
Deutschen Nationalbibliografie; detaillierte bibliografische Daten sind im
Internet über http://dnb.de abrufbar.

Umschlaggestaltung, Herstellung und Verlag: BoD – Books on Demand
ISBN 978-3-7460-8982-9

INHALT

RÜCKWÄRTSLÄUFER

Axthiebe an der Tür

In jener Nacht schneite es schwere, nasse Flocken, und jemand versuchte mit einer Axt die Eingangstür zu zertrümmern, aber dann war es doch keine Axt, sondern nur der Türklopfer, ein großer Totenkopf aus schwarzem Gusseisen, den ich vor einiger Zeit auf einem Flohmarkt in Antwerpen gekauft hatte.

Ich schaute aus dem Fenster: Nichts zu sehen in der Dunkelheit, nur die Rücklichter eines Autos, das sich entfernte.

- Ich geh mal nachgucken, sagte ich zu Laura, nahm die Achtunddreißiger aus dem Uhrenkasten, schaltete die Außenbeleuchtung ein und öffnete den Sichtschutz. Draußen ein junger Kerl in einem hellen Dufflecoat: groß, schlank und mit dunkelblondem, sorgfältig nach hinten gekämmtem Haar.

- Was ist?, wollte ich rufen, aber da ich keine Sprechanlage habe, sagte ich kein Wort, sondern legte die Kette vor und öffnete die Tür einen Spalt.

- Ich bin Adrian Pesci, sagte der Bursche auf Englisch und lächelte unbekümmert. Tut mir leid die späte Störung, aber es war schwer, hierher zu finden, ihr wohnt sehr einsam. Sogar der Taxifahrer hat sich zweimal verfahren.

- Okay, meinte ich, und nun?

- Schwer, das so zwischen Tür und Angel zu besprechen.

7

Der Junge lächelte weiter, freundlich und irgendwie vertraut, so dass ich die Pistole in die Gesäßtasche steckte, die Türkette löste und ihn hereinließ.

- Da bin ich aber gespannt, sagte ich. Was gibt's für ein Problem?

- Ich komme aus New York, sagte der Junge, Queens.

- Interessant, meinte ich, da ist immer lausiges Wetter.

- Ja, das ist sprichwörtlich in New York, meinte er. Mal zu heiß, mal zu kalt, mal zu trocken, und mal regnet es wie verrückt. Aber lassen Sie mich zur Sache kommen!

Er schaute sich um, etwas unsicher, wie mir schien, so dass ich spontan auf die Ledersessel gleich hinter der Tür wies. Wir setzten uns und ich konnte sein Gesicht aus der Nähe betrachten: große dunkle Augen, eine hohe Stirn und markante Wangenknochen.

- Also schieß los, ermunterte ich ihn, während Laura im Hintergrund stand und die Ohren spitzte.

- Okay, sagte er und überlegte. Da bin ich also: Ihr Sohn.

- Mein Sohn? Du machst Witze.

- Ich habe gewusst, dass Sie zweifeln, meinte er, und so griff er in seine Innentasche und legte einen Stapel Fotos auf den Tisch, die zeigten ihn zusammen mit einer dunkelhaarigen Frau beim Weintrinken auf der Terrasse, beim Tennisspiel, beim gemeinsamen Kochen, im Schwimmbad, beim Fratzenschneiden – all diese Dinge, die man immer auf Familienfotos zu sehen bekommt.

- Du und deine Mutter, nehme ich an.

- Richtig, er schaute mich prüfend an, mit einem Blick,

wie ihn die Concierges in der Pförtnerloge haben. Sie heißt Graciela. Ihr wart damals zusammen, wenn ich das so sagen darf, und ich bin das Produkt.

- Guter Witz, wiederholte ich, und das um Mitternacht. Aber dann schaute ich noch einmal genau hin und erkannte sie wieder: Graciela, ein paar Jährchen älter zwar und mit einer dieser modischen Kurzhaarfrisuren, doch da waren ihre Wangengrübchen und die großen braunen Augen. Und was Adrian neben ihr anbelangte: Seine etwas breite Boxernase ähnelte der meinen, eine Nase, wie sie unsere Familie seit Generationen im Gesicht sitzen hat, und in seinen Adern floss das gleiche Blut, Blut, das dicker als Wasser ist, wie der Volksmund sagt. Dennoch – ich wollte es nicht wahrhaben. In Gedanken begann ich die Daten zu vergleichen und nachzurechnen, aber alles passte zusammen. Am Ende gab ich auf. Er war mein Sohn und ich sein Vater. Aber was bedeutete das schon? Für mich war er ein Fremder, ein Yankee aus New York, fremder als alle hier um mich herum: die armenische Taxifahrerin, der Fischmann vom Wochenmarkt, der Pferdepfleger von nebenan und der türkische Taekwondo-Trainer. Trotzdem erhob ich mich, quälte mir ein verlegenes Lächeln ab wie jemand, dem sie in der Tombola den Trostpreis überreichen, und ging auf ihn zu. Und als Adrian zu einem amerikanischen Shakehands ansetzte, übersah ich die ausgestreckte Hand, umarmte ihn in südländischer Manier mit beiden Armen, schlug ihm links und rechts auf die Schultern und küsste ihn pflichtgemäß auf beide Wangen. Und auch Laura, die alles mit angehört hatte, kam herüber, tat dasselbe und bot ihm spontan das Gästezimmer zum Übernachten an.

Wir haben dann noch eine Weile zusammengesessen, eine Flasche Mcduff getrunken, Holz ins Feuer geworfen und geredet: seine Zeit bei den Scouts, seine Spiele in der Soccer League, seine unglückliche Liebschaft mit einem Unterwäschemodel aus Puerto Rico und sein neuer Job an der Berkeley.

Und auch über seine Mutter sprachen wir. Sie lebte in der Bronx, zusammen mit dem Zahnarzt Jorge Ramírez und einem schwarzen Labrador, und wie Jorge zog sie Zähne, und manchmal füllte sie sie mit Gold und setzte zu allem Überfluss noch eine Krone drauf. Von mir hatte sie nie erzählt, und Adrians Besuch hier bei uns – das war ganz allein seine Idee, der Ruf des Blutes, wenn man so will.

- Ich werde ihr schreiben, sagte ich, da gibt es viel aufzuarbeiten.

Bruderzwist

Der Ruf des Blutes, hatte er gesagt. Da musste er auch seinen Bruder Jonas kennenlernen. Jonas war Offizier und wohnte in der Soldatensiedlung auf der anderen Flussseite. Seitdem ihn seine mongolische Freundin Ganchimeg verlassen hatte, besuchte er uns häufiger, meist zusammen mit seinem kleinen schlitzäugigen Sohn, dem sie, ohne mich zu fragen übrigens, den Namen

Dschingis gegeben hatten. Laura kochte dann Schweinefüße in dicken Bohnen. Die aß Jonas mit großem Appetit, schimpfte dabei auf die Russen und hielt zum Schluss eine Stunde Siesta in meiner Hängematte. Später holte er dann oft seine Flinte heraus und zog mit dem Labrador in die Flussauen, um irgendwas zu schießen.

Derartige Knallereien gehen mir am Arsch vorbei, das muss ich einmal so sagen. Ich bin eher der kontemplative Typ und liebe es zu beobachten: balzende Auerhähne, fliegende Fischreiher, herumtollende Jungfüchse, nagende Biber und, wenn es dunkel wird, diesen kräftigen Rehbock hinten an der Wasserstelle bei den Pferdeställen. Und zuweilen hole ich mir auch ein Pferd und reite übers Land bis die Nacht hereinbricht, einfach so und ohne Ziel.

Ich erreichte Jonas am Nachmittag, als er auf dem Weg ins Kasino war.

- Du musst vorbeikommen, sagte ich am Telefon, deine Mutter hat wieder mal gekocht, außerdem habe ich eine Überraschung für dich.

- Eine Überraschung, was für eine?

- Das kann ich dir nicht sagen, dann wäre es ja keine Überraschung.

Aber da ich nichts für mich behalten kann, erzählte ich ihm am Ende doch die ganze Adrian-Geschichte.

- Ich, einen Bruder? Da war er platt, das konnte er nicht glauben.

- Doch, sagte ich, ist zwar nur ein halber genaugenommen, aber ein halber ist immer noch besser als gar keiner, so sehe ich das. Ohne Bruder fehlt dir was. Schau mich an, ich weiß wovon ich rede.

- Das typische Einzelkind, habe ich doch immer gesagt, meinte Jonas mit Ironie, tyrannisch und egoistisch und weibstoll noch dazu.

- Weibstoll, ich schluckte heftig, sagen wir lieber Windhund oder Luftikus.

- Einigen wir uns auf Wüstling, meinte er, das trifft es auch.

Er kam dann ziemlich schnell mit seinem Jeep angebraust, und als sich die beiden gegenüberstanden, da war alles andere als Sympathie zwischen ihnen, eher Misstrauen und Ablehnung. Immerhin sagte Jonas *Hello* und reichte Adrian die Hand. Freundschaftsküsse und Umarmungen lehnte er ab, selbst wenn sie von einem Bruder kamen.

Laura hatte nach einem Rezeptbuch ein American Dinner zubereitet: mit Krebsfleisch gefüllte Avocados als Starter und Cowboy-Gulasch mit Tomaten, Kidney- und Chilibohnen als Main Course, dazu einige Flaschen American Budweiser. (By the way: You know the difference between making love in a canoe and American Budweiser? There is none. Both is fucking close to water.)

- Wenn ihr erlaubt, ich werde ein Tischgebet sprechen,

sagte Adrian und blickte uns einen nach dem anderen an, und da keiner dagegen war, betete er diesen alten schottischen Spruch: *Some have meat and cannot eat, some no meat but want it; we have meat and we can eat. So let the Lord be thanked!*

- Das war herzerfrischend, sagte Jonas, klingt, als hättest du es bei den Pfadfindern aufgeschnappt.

- Habe ich in der Tat, lächelte Adrian. Ich habe noch eins, willst du hören?

- Danke, danke, verschon uns! Jonas schüttelte den Kopf. Aber mich würde interessieren, ob du in Vietnam warst, ich meine, das Alter hast du ja.

- War ich nicht, sagte Adrian, ich hatte damals studiert, als die Sache mit der Army lief, und ich war freigestellt.

- Ich verstehe, Jonas lehnte sich zurück und dachte nach, aber du hättest trotzdem gehen können, freiwillig.

- Hätte ich, doch wollte ich nicht, weil …, ich bin nun mal gegen Kriege. Die Welt braucht sie nicht.

- Wirklich nicht? Auch nicht zur Verteidigung? Was, bitte schön, willst du tun, wenn dir jemand an die Eier geht?

- Eine blöde Situation, man darf es nicht so weit kommen lassen. Immer wieder reden, reden und nochmals reden.

- Okay, reden sagst du, aber der andere will nicht reden, um nichts auf der Welt. Der will Zoff, nur Zoff, soll es ja geben solche Typen. Nein, wenn du Frieden willst, rüste zum Krieg, sagt Cicero. Klingt paradox, ist aber richtig. Und darum trage ich eine Uniform, fahre mit einem Panzer und schieße mit einer Kanone.

- Ich sehe es anders, überlegte Adrian. Wenn du Frieden willst, bewahre die Schöpfung und pflege die Gerechtigkeit. Was hältst du davon?

- Nichts, gar nichts, klingt mir zu sehr nach Kirchentag, meinte Jonas, und Laura meinte, sie sollten das Thema wechseln und sich auf das Essen konzentrieren, denn die Spannung zwischen den beiden war mit beiden Händen zu greifen.

Wir haben dann noch Fados aus Lissabon gehört und zwei Flaschen amerikanischen Zinfandel getrunken, aber Stimmung wollte nicht aufkommen, so sehr wir uns bemühten. Jonas konnte Adrian nicht ausstehen und ließ es ihn fühlen, und Laura meinte, das seien Eifersüchteleien, die würden mit der Zeit schon nachlassen. Wunschdenken, wie sich tags darauf herausstellen sollte.

Es war ein schöner Morgen mit viel Schnee und einer kalten, grellen Wintersonne. Zur Abwechslung machten wir allesamt einen Ausflug mit Langlaufskiern über den Deich mit den Kopfweiden, hinunter in die Auen und weiter flussabwärts an den Steinbuhnen vorbei, Laura, Adrian, ich und der Labrador vorne und Jonas, ganz Jägersmann, mit der Flinte hinterher.

- Es ist ein Jammer, sagte Jonas, nichts zu schießen bei dieser Kälte, keine Rebhühner, keine Hasen, keine Füchse, sogar dein Rehbock von gestern Abend hat sich verkrochen.

- Sollte auch kein Jagdausflug sein, meinte ich, nimm nur

die Gegend in dich auf, und heute Abend trinkst du eine Flasche Sake und schreibst ein Haiku, so ein dreizeiliges Naturgedicht, wie es die Japse tun.

- Mach ich, grinste er, aber vorher schlitze ich mir mit dem Seppukudolch den Bauch auf, wegen der Schande, dass ich mit leeren Händen zurückgekommen bin. Aber ..., vielleicht schieße ich ja doch noch was.

Er war stehengeblieben und blickte gespannt zu der Buhne hinüber, wo sich eine schwarze Katze im Schnee wälzte.

- Großartig, sagte er, schwarz auf weiß, wo findet man sonst noch einmal so ein Ziel? Da kribbelt es einem doch im Zeigefinger.

- Mach kein' Scheiß, sagte ich, und lass das Tierchen! Außerdem hat es die Jagdbehörde schon letzten Sommer verboten. Liest du keine Zeitung?

- Ist mir sowas von egal, was die verbieten. Kannst du mir sagen, was das Vieh auf der Buhne zu suchen hat? Nein, kannst du nicht. Darum sage ich: Einer von uns muss dran glauben: Entweder ich mit dem Seppukudolch oder die Katze mit der Büchse.

Und er hob seine Flinte, er spannte sie, er drückte ab und der Schuss hallte über den Fluss. Klar, dass er traf, aber er traf nicht gut, denn die Katze drehte sich einige Male auf den Hinterpfoten im Kreise, bis sie zuckend da lag und nur den kleinen Kopf bewegte.

- Schade, keine Zwölf, aber immerhin die Scheibe getroffen, sagte Jonas. Mal sehen, was los ist.

Und dann stiefelte er hinüber, griff die zappelnde Katze am Schwanz und warf sie mit Schwung in den Fluss.

- Könnt ihr mir sagen, was sie hier zu suchen hat?, wiederholte er. Könnt ihr nicht, darum soll sie schwimmen, und zur Erinnerung habe ich mir ein Haiku ausgedacht. Wollt ihr hören: Draußen auf der Buhne, schwarze Katze im Schnee, doch besser schwimmt sie im Fluss.

Black Friday

Seitdem gab es offenen Hass zwischen den Brüdern. Adrian nannte Jonas nur noch CM oder CK, und jeder wusste, das stand für Cat Murderer oder Cat Killer.

Und dann kam der Tag, den Laura Black Friday genannt hatte, ein Tag, an dem alles schief läuft, was schief laufen kann. Es beginnt damit, dass der Heizkessel defekt und kalt ist, der Hund kotzt sich auf dem Kanapee aus, der junge Rehbock ist verschwunden, im Kamin krächzt eine halbtote Nebelkrähe und an der Eingangstür steht ein schnauzbärtiger Typ in rot-blauer Phantasieuniform. Er fordert mich zum Duell mit Pistolen, aber dann fällt mir ein, er ist einer aus der Psychiatrie hinten neben dem Gestüt. Und im Flur sehe ich, wie sich Jonas und Adrian schon wieder in der Wolle haben.

- Wo ist meine Lederjacke?, will Adrian wissen und mustert seinen Bruder.
- Keine Ahnung, meint Jonas und zuckt die Schultern,

wirklich keine Ahnung.

- Lass deine Späße, ich muss in die Stadt, ich muss mich beeilen, sonst kriege ich den Bus nicht, und wie es aussieht, ein Spaßvogel hat meine Jacke versteckt, ganz sicher hat er das, weil vor einer Stunde war sie noch da, hier an diesem Haken hing sie, ich hatte sie selbst dahingehängt, und nun ist sie verschwunden, und ich kann mir nicht vorstellen, dass sie Füße bekommen hat und dann zur Tür hinaus wie ein Gespenst, nur so zum Spaß.

- Warum nicht?, grinst Jonas, das tun Jacken mit Pelzkragen zuweilen, vielleicht hat sie sich auch vor dir versteckt, deine beschissene Jacke, weil sie was gegen Körperkontakt mit dir hat, aber ich bin sicher, ein Typ wie du mit seinen scharfen Pfadfinderaugen, der findet sie, oder?

- Tut mir leid, ich habe jetzt keine Zeit für Spiele, in fünf Minuten kommt mein Bus, und wenn ich den nicht kriege, dann steh ich blöd da. Also gib die Jacke und gib endlich Ruhe! Okay?

Und er beginnt zu suchen: unter den aufgehängten Mänteln, in dem Klamottenschrank, dahinter und oben auf der Taschenablage. Nichts, aber im Gästeklosett auf der gegenüberliegenden Seite, da hängt sie: auf dem Kleiderbügel hinter einem Vorhang.

Er zieht sie über, und als er die Haustür öffnet, um nach draußen zu gehen, steht Jonas da, bricht in schallendes Gelächter aus und klatscht ironisch Applaus.

- Also die Allerhellsten seid ihr nicht, ihr Pfadfinderjungs. Wie willst du nachts im Wald den Weg zurück finden, wenn du hier nicht mal deine Jacke findest?
Adrian schaut auf seine Uhr, der Bus war weg.
- Du bist mein Bruder, okay, damit muss ich mich abfinden, sagt er, doch du bist auch ein mieser Typ.
Und damit spuckt er aus und geht, aber unten an der Treppe ist ihm Jonas schon auf den Rücken gesprungen, und die beiden fallen in den Schnee, rollen sich und prügeln aufeinander ein wie bei einer Schulhofschlägerei. Sie würden noch jetzt herumrollen, hätte sich nicht Laura laut schreiend dazwischen geworfen.

Eine Riesenprügelei mit allem Drum und Dran wie zwischen albanischen Loddeln, aber es ging um keine blonde Nutte, sondern so einen schäbigen Lederblouson mit Pelzkragen. Doktor Goldman, mein kleinwüchsiger Psychodoc, der Mann mit der weißen Couch, hat als Erklärung das Zwei-Brüder-Motiv ausgemacht.
- Darauf läuft es doch immer hinaus, sagt er und mustert mich mit zusammengekniffenen Augen. Warum hat Kain seinen Bruder Abel abgemurkst? Weil er eifersüchtig war, der Neidhammel. Immer hat er seinen Erzeuger für sich allein gehabt, der hat nur mit ihm gekuschelt, aber dann musste er halbe-halbe machen und teilen, als der Neue da war.
Jedenfalls packte Adrian darauf seine Koffer, bestellte sich ein Taxi zum Flughafen und verschwand aus

unserem Leben so plötzlich, wie er eingetreten war. Ein kurzes Intermezzo, zu kurz für einen Sohn. Ich hätte gern noch mehr über ihn erfahren: seine Frauengeschichten, seine Musik, seine Lieblingsbücher und all diese Dinge.

- Gott sei Dank, jetzt ist er weg, dieser Typ!, meinte Jonas, und der soll mein Bruder sein – dass ich nicht lache, aber Gott sei Dank hat er eine Menge Haare zurückgelassen.

- Haare? Ich verstand nicht.

- Ohne dir nahetreten zu wollen, Keke, meinte er, aber dieser arrogante Besserwisser ist nicht von dir, überhaupt keine Ähnlichkeit, und auch sein Charakter – keine Gemeinsamkeit. Vielleicht solltest du mit seinen Haaren zur Sicherheit eine DNA machen lassen.

Verrückt, der Junge, verrückt und übergeschnappt, das war meine erste Reaktion, aber je länger ich die Geschichte überlegte, desto mehr begann ich zu zweifeln. Vier- oder fünfmal hatte ich es damals mit Graciela getrieben, und was danach geschehen war – wer weiß. Einsame Frauen sind unberechenbar, die lassen sich auch schon mal mit diesem Buckel-Glöckner ein und denken dabei an den jungen Paris. Andererseits so ein Test: leicht, unkompliziert und schnell. Schafft Sicherheit zu 100 % und kostet nicht mehr als ein Ticket für eine Bohème-Aufführung mit der Callas. Und so nahm ich die Haarprobe und brachte sie in einem Tütchen in das Universitätsinstitut zu Dr. Fassang, den ich vom Bridge her kannte.

19

- Hier unsere Haare zur Analyse, sagte ich, Adrian und ich. Eigentlich nicht notwendig das Verfahren, wenn du mich fragst, denn der Junge ist von mir, das kann ich garantieren, aber ich brauche eine Bestätigung, die Familie will es so.

Blick zurück im Zorn

Adrian ist fort, aber Graciela ist wieder da – in meinen Träumen.

Es war ein kurzer Sommer gewesen damals in Pinamar, und es war eine schöne Zeit. Die Beatles sangen *Yesterday*, Dalida schmachtete *Love in Portofino*, am Meeresufer tippelten rastlose Strandläufer auf der Suche nach Schlickwürmern und anderem Getier, und am Fuße der Dünen stand das Zelt, das ich mit einigen Amigos teilte.

Sie sitzt in einer Ecke der Strandbar, klein, zierlich, mit silbernen Ohrclips und mit schulterlangem Haar, so wie es damals bei Studentinnen Mode war, trinkt ein grünes Getränk und liest ein Buch mit einem Hammer-und-Sichel-Bild drauf. Als ich stehen bleibe, schaut sie auf und lächelt.

Verdammt, denke ich, eine Bolschewikin, Leninistin oder so ähnlich. Ich kannte mich aus mit Juristinnen, Medizinerinnen und Linguistinnen, sogar eine Musikerin hatte ich kennengelernt, die studierte Kontrabass und

Querflöte, aber eine Kommunistin – das verwirrte mich. Es ist, als wenn du plötzlich vor einem Alien stehst.

Wie anfangen? Vielleicht mit einem *Piropo*: Deine Augen sind wie zwei Sterne in der finsteren Nacht, oder so was in der Art? Zu kitschig, zu altmodisch und zu spanisch, eine Anmache, die dir in der Pampa nur verächtliche Blicke oder mitleidiges Gekicher einbringt. Da frage ich lieber nach dem grünen Drink in ihrem Glas.

- Sprite und Mentholsirup, sagt sie, hebt den Kopf, lächelt wieder und zeigt zwei Reihen Zähne. Die Froschesser nennen das Zeugs Diabolo Menthe, keinen Schimmer, wie ihr in Alemania dazu sagt.

Alemania, ich nicke. Es ist nicht schwer herauszufinden, woher ich komme, wie sehr ich auch das spanische RR rolle, mein Haar mit Ricibril-Gel einreibe und mein Lippenbärtchen stutze. Ich bin und bleibe Alemán, el Señor Fritz, das sieht man schon von Weitem, und vielleicht ist es hier auch das Beste, was einem geschehen kann: Alemán zu sein, Landsmann von Adolfo Hitler und Carlos Marx.

Und schon sind wir ins Gespräch gekommen: Der Sommer, der seinen Abschied nimmt, die Zahnmedizin, die verfluchte Militärregierung („Videla, ein Dreckskerl und Hurensohn") und ihre Eltern im Dreibettzimmer im Hotel *El Pingüino* hinter den Dünen.

Schließlich, die Sonne ist schon lange im Ozean ertrunken, kommt Rubén angeschlurft, der Inhaber der Strandbar, tut verlegen, blickt auf die Uhr und will

Schluss machen wegen des Feuerwerks, und wir räumen den Laden, stehen draußen am Meeresufer, schauen hinauf in den Nachthimmel und suchen das Kreuz des Südens. Wir finden es nicht, dafür aber den Großen Hund, den Skorpion und ein Gebilde, das aussieht wie eine Schreibmaschine, aber ich weiß nicht, ob es die schon gab, als die Sternbilder erfunden wurden.

- Nur heute noch, dann ist alles geschlossen, sagt Graciela: Strandbars, Fischbratereien, Tanzschuppen, Hotels und so, alles zu, und der Sommer ist davongeflogen, weg über alle Berge, und in Córdoba beginnen die Prüfungen. Wir bummeln den Strand entlang, bespritzen uns mit schaumiger Gischt, und der Wind schmeckt nach Salz. Zum Abschluss Nacktbaden im Ozean und danach etwas Sex in den Dünen.

Nur heute noch, hatte sie gesagt, und pünktlich um Mitternacht veränderte sich das Wetter. Kalte Winde kamen von der See auf, Wolken schoben sich vor die Mondsichel, Schwärme von Sturmschwalben und Silbermöwen flogen mit lautem Kreischen landeinwärts, und ein heftiges Unwetter mit Sturm und Regen brach los. Uns blieben ein Betonbunker zwischen den Fichten und eine lange Nacht zum Abschiednehmen.

- Wirst du mich besuchen?, hundertmal hatte sie gefragt, und hundertmal hatte ich genickt, die Hand erhoben und beim Leben meiner Eltern geschworen.

Am Ende bin ich hingefahren.

Anfang März ist es gewesen und der Abend kalt, und die

Sonne ist gerade hinter dem Riesenturm am Retiro-Bahnhof untergegangen.

Von Retiro aus sind es genau achthundertzweiundfünfzig Kilometer. Die Bahn braucht für die Fahrt elf Stunden, aber wenn es Rinder auf den Schienen gibt, dann können es auch zwölf Stunden sein.

Einsteigen muss man auf der hinteren Plattform. Der Zug, man hat ihn *Stern des Nordens* getauft, steht schon da mit laufendem Dieselmotor. Ein kleiner Mann in blauer Uniform und Schirmmütze nimmt den Koffer und schleppt ihn ins Abteil, und gleich darauf erscheinen die anderen Mitreisenden: ein junger Adonis, etwas braunhäutig und mit Haarzopf, und sein Mädchen, ein hässlicher Vogel, dürr, langnasig und glupschäugig, dafür aber hellblond, so wie sie die Typen hier mögen, und kaum haben wir die erste Brücke überfahren, fangen die beiden schon an mit ihren Knutsch-, Necking- und Pettingspielen, die einen gestandenen Voyeur erröten lassen.

Die Strecke führt durch eine trockene Pampa, vorbei an Silos und Wasserspeichern, und über Flüsse, die heißen Rio Primero, Rio Segundo, Rio Tercero und Rio Cuarto und zwischen den Ombú-Bäumen der Estancias sieht man Gauchos in langen Stiefeln, mit Baskenmütze und rotem Halstuch. Meist sitzen sie auf ihren Pferden, so wie sie schon seit ihrer Geburt da oben sitzen, und wenn sie mal herabsteigen, dann stehen sie um ein Feuer, um sich einen Mate-Aufguss für ihre Kalebasse zu machen.

Ankunft ist bei Sonnenaufgang, vorausgesetzt, der Fahrer ist pünktlich. Der Stadtrandbahnhof ist noch verlassen zu dieser Zeit, denn alle Welt hat am Vorabend die Fiesta der Luzerne bis in die Nacht hinein gefeiert, nur ganz hinten arbeitet ein bärtiger Peón. Mit einer Zigarette im Mundwinkel verlädt er braune Säcke in den Güterwagen, ziemlich müde und lustlos, auch er hat mitgefeiert und wenig Schlaf gefunden.

Und auf einmal sehe ich sie. In Bluejeans und einem weißen Pullover steht sie unter der Bahnhofsuhr und schaut aufgeregt den Zug entlang, von vorn nach hinten, von hinten nach vorn. Ich öffne das Fenster, rufe ihren Namen, reiße die Waggontür auf und springe hinaus.

- Eine halbe Ewigkeit!, sagt sie, während wir übereinander herfallen, und ich sage: - Wir vergaßen, die Zeit anzuhalten.

Auf dem Vorplatz ein Taxi, alt, aus der Gründerzeit, so hat es den Anschein.

- Ein Hotel am Stadtrand, sage ich zu Señor Üztülü, dem Taxifahrer, nett und ruhig und am besten mit Himmelbett.

- Ich verstehe, er schaut in den Innenspiegel. Sind Sie verheiratet?

- Nein, ich schüttele den Kopf. Ist das wichtig?

- In diesem Land schon, in Alemania nicht. Ohne Heirat kein Zimmer, da bleibt nur ein Stundenhotel.

Ein Stundenhotel? Das will sie nicht, die Kleine, nicht am Morgen, nicht am Mittag und nicht am Abend.

- Verdammt, bin ich eine Hure?, meint sie, und überhaupt: Überleg mal, wenn mich da einer sieht in dem Empfangsraum mit dem Aquarium neben der Tür. Nicht auszudenken!

Und so blieb fürs erste wieder einmal nur das Frühstück im Grünen, wie sie hier sagen, die Sierra mit ihren eisigen Bächen, Stauseen, Linden und Ahornbäumen.

Am letzten Tag habe ich es aber dann doch geschafft, sie ins *Babalú*, eine dieser verruchten Absteigen, zu lotsen. Es war kein Vergnügen, weil sie aufgeregt und ängstlich war und fürchtete, Bekannten zu begegnen: Ingeniero Ibarra aus dem sechsten Stock, Señor Grimaldi, dem Bäcker des Viertels, ihrem Cousin oder einem Prof der Fakultät. Keinen von ihnen traf sie, wohl aber den Pfarrer der *Parroquia del Espíritu Santo*, doch der schaute angestrengt zur Deckenbeleuchtung hoch, als er ihr auf dem Flur entgegenkam.

Doch die Zeit fliegt dahin und am Ende stehst du wieder auf dem Bahnsteig, und wieder ist es Abend, ein kalter Wind weht durch das offene Dach, und ganz hinten, wo sonst die Säcke verladen werden, kopulieren zwei magere Mischlingsköter.

Der Abschied – traurig wie der kalte Regen und ein Gefühl der Endgültigkeit, das einen überfällt. Abschiednehmen ist immer ein bisschen so wie sterben, sagen sie in Frankreich, zwar nur ein wenig, un petit peu, aber für mich war es mehr als genug und unser Kuss der letzte, das wusste ich, als sich die Waggontür schloss. Zukunftspläne? Eine ganze Menge, aber ziemlich vage: das verflixte Examen, zusammenziehen, ein paar Wochen auf dem La Plata segeln, durch die Pampa reiten, all diese Dinge, und irgendwann wieder die Alte Welt, wo keiner die Hand aufhält, bevor er dir einen Stempel gibt.

Doch immer wieder kommt es anders als geplant. Ein paar Tage später stehe ich mit meinem Koffer am Flughafen bei der Einreise und ein Zollmensch in grauer Uniform wühlt in meinen Sachen und verlangt dreist eine Spende oder so was für die Abfertigung. Eine Spende? Ist der meschugge? Da kommt er bei mir gerade an den Richtigen, denn was mir schon immer in diesem Land auf den Sack geht, das ist die verfluchte Korruption. Und so sage ich dem Kerl, dass ich bis jetzt noch nie Bestechungsgeld gezahlt habe und das werde auch in Zukunft so bleiben. Der Typ nimmt das zur Kenntnis, nickt und meint, ich solle mir das gut überlegen und keinen Fehler machen, sonst werde es mir ganz sicher leidtun. Leidtun? Nix da, sage ich, das Einzige, was mir in dieser Bananenrepublik leid tut, das sind Typen in Uniform, die sich kaufen lassen. Dem hatte ich's gegeben! Ich nehme meinen Koffer und ziehe weiter mit stolzgeschwellter Brust, und als ich schon fast draußen bin, kommt noch so ein Zollmensch, einer mit Blumenkohlohren und Spitzbart, und macht eine Zweitkontrolle. Und kaum hat er den Kofferreißverschluss aufgezogen, da hält er auch schon ein Tütchen mit diesem seltsamen, weißen

26

Pulver in der Hand und schwenkt es triumphierend in der Luft.

- Sie sind mir ein feiner Kunde, sagt er, auf so einen haben wir gewartet. Das gibt eine Anzeige und dann bereiten Sie sich schon mal auf zwei Jahre Sing-Sing vor oder auch drei. Und merken Sie sich: Dies ist ein freies Land, hier können Sie bei Rot über die Kreuzung fahren, in den Kirchen den Opferstock leeren, den Präsidenten einen Hurensohn nennen und deutschen Nazis Unterschlupf geben, aber bei einer Sache sind wir Spielverderber und verstehen keinen Spaß: Das sind Drogengeschichten, da sind wir unnachsichtig. Und als ich gehe, sagt er noch, ich solle mir einen guten Anwalt suchen, einen sehr guten.

Das hat mich umgehauen, das kannst du mir glauben. Jeden Tag liest man in der Zeitung, was einem armen Junkie passieren kann: öffentliches Verfahren, Geldstrafe, Knast, und wenn du Glück hast, lassen sie dich nach zwei Jahren raus. Ich bin zwar ein harter Hund, aber das würde ich nicht überstehen, da würde ich lieber vom Hochhaus springen.

Also ab in die Wohnung, Koffer packen, Ticket kaufen und dann zurück nach Alemania, ohne Adiós oder Chau, denn wer hier in der Gegend hatte schon ein Telefon? Wobei ich mich frage, wie wohl die Welt aussähe, hätte Satan damals schon ein Smartphone gehabt.

Träume

So endet dann eine Affäre, aber nur scheinbar, denn im Traum beginnt sie wieder, weil Träume zum Schlaf gehören wie nächtliches Zähneknirschen, Schmatzen und Schnarchen.

Man träumt von Katzen, Wölfen, Rehböcken und bunten Papageien, man ist gefangen in engen Aufzügen, balanciert über schmale Hochhausplanken, stürzt von Berggipfeln, reitet auf langschnäbeligen Delfinen und fliegt mit ausgebreiteten Armen über die Auen der Sonne entgegen, und alles hat eine Bedeutung, wie Doktor Goldman, mein Therapeut, weiß: verdrängte Konflikte, unverarbeitete Ereignisse oder verschlüsselte Botschaften aus den Tiefen der Psyche. Aber manchmal ist es auch nur Freud'sche Wunscherfüllung, wenn ich meine geträumte Liebesnacht mit einem rothaarigen Model auf dem Wasserbett in einem verlassenen Möbelhaus nehme. Doch letzte Nacht ist es anders. Ich will in mein Auto steigen, aber Graciela sitzt schon drinnen, hinten auf der Rückbank. Sie ist jung und zierlich, lächelt und will nach Pinamar fahren. Nach Pinamar, wo die Ruta 11 aus der Pampa kommt und sich zwischen Fichtenwäldern und Dünen verliert? Ausgeschlossen! Das sind siebentausend Meilen, und weil dazwischen der Atlantik liegt, braucht man einen Schwimmwagen. Nein, aber nach Colonia, Köln, könnten wir fahren, dort auf dem Rosenmontagswagen stehen und huldvoll herabwinken. Diese Sitte kennt sie noch nicht, die wird ihr gefallen.

Ich gehe nach hinten, prüfe den Reifendruck mit der Fußspitze und kontrolliere den Kofferraum, aber als ich zurückkomme und einsteigen will, ist der Rücksitz leer, leer wie das Felsengrab in Jerusalem.

Und jetzt habe ich die Bescherung: Graciela ist wieder in meinem Kopf, sie ist mein erster Gedanke unter der Morgendusche und mein letzter, wenn ich beim Einschlafen Schäfchen zähle. Würde allzu gern wissen, wo sie mir sonst noch begegnen wird: auf der Geisterbahn im Prater, dem nächtlichen Waldfriedhof in Transsylvanien oder im Maisfeld-Labyrinth hinter unserem Haus mit einer Halloweenmaske vor dem Gesicht.

Ja, die verflossene Zeit! Sie umklammert uns wie ein schwarzer Krake und lässt nicht los.

Hinzukommen mein ungewöhnliches Langzeitgedächtnis und meine verrückte Vergangenheitsmanie. Noch kann ich die Nachnamen aller meiner vierundvierzig Erstklässlerkameraden aufsagen, alphabetisch geordnet, angefangen mit Andresen und mit Zylinski endend. Und immer wieder ertappe ich mich dabei, dass ich Pennälerkumpels und Tanzschulenbräute anrufe, urplötzlich nach fünfzig Jahren und ohne Anlass.

Eine richtige Krankheit sei das, hat unlängst ein Pädagoge in einer Lebensstil-Zeitschrift geschrieben, die Krankheit der einsamen, traurigen Loser.

Einsam und traurig – dass ich nicht lache. Im Gegenteil. Tagsüber bin ich gesellig wie ein Alpenmurmel und nachts wache ich häufig auf und schüttele mich vor Lachen, weil mir alte Witze wieder einfallen, der von Tassilo und seinem Frisör zum Beispiel oder von den Kondomen im Handschuhfach.

Und Loser? Bullshit! Ich bin ein hohes Ministerialtier, habe ein schönes Landhaus an der Flussaue, wo ich Abend für Abend den Rehbock beim Äsen beobachte, dazu eine großartige Frau namens Laura, einen schießwütigen Sohn, einen friedfertigen Bastard und einen schlitzäugigen Enkel.

Alles in allem eine schöne Gegenwart, die ich nicht missen möchte, und meine Vergangenheit …, mal ist sie schön, mal unerfreulich, wie eben Vergangenheiten sind. Da gibt es nichts zu verklären, man trägt sie mit sich herum wie das Dromedar seinen Buckel.

Sie loslassen und nur nach vorne leben, wie dieser Zeitschriftenmensch empfiehlt? Unfug, dummes Zeug! Sie ist der Sockel für das Jetzt, und wer ohne Sockel baut, der wird sich noch wundern. Das werde ich ihm schreiben, diesem Herrn, auf Japanpapier mit Briefkopf, damit er aufhört, seine Leser zu verdummen, und ich werde ihm erklären, dass es schlicht kindliche Neugier ist, die mich antreibt, nichts weiter.

Die Wahrheit, nichts als die Wahrheit

Es regnete, als Fassang anrief.

- Was willst du hören, mein Freund?, fragte er.

- Die Wahrheit, nichts geht über die Wahrheit.

- Darüber lässt sich streiten, manchmal ist der Seelenfrieden wichtiger.

- Egal, sagte ich. Raus damit, spann mich nicht auf die
Folter!

- Nun gut, meinte er, du warst es, zu 99,98 %. Genügt dir
das?

- 99,98 %?, ich überlegte, 100 % wäre besser, aber
99,98 % ist auch ok.

Ich habe dann die DNA-Geschichte Goldman, meinem
Intimus, erzählt. Er ist nicht nur mein Psychodoc,
sondern auch mein Beichtvater und hat sich schon viel
anhören müssen aus meinem Leben: bedeutsames, aber
mehr noch belangloses Zeugs.

- Wenn ich es mir recht überlege, dann ist es nicht in
Ordnung, sagte Goldman, die DNA nur bei dem Einen,
und der andere, der dir alles eingebrockt hat, bleibt
ungeschoren. Heißt es nicht: Gleiches Recht für alle? Wo
bleibt dein Gerechtigkeitssinn?

Hatte ich richtig gehört, eine DNA auch bei Jonas?
Typisch für Goldman, den alten Gauner und Nihilisten,
alles in Frage zu stellen.

- Das heißt doch, dass du Laura verdächtigst, sagte ich.
Ich glaube, du tickst nicht richtig! Eigentlich müsste ich
dir …

Ich beendete den Satz nicht.

Zu Hause erzählte ich Laura nichts von unserer Auseinandersetzung. Es hätte sie nur aufgeregt. Doch weil ich mich nicht ausgesprochen hatte, musste ich die ganze Nacht an die Geschichte denken und versuchen, allein damit fertig zu werden, was mir schwerfiel. Laura war attraktiv, spontan und anschmiegsam und leider nicht entschieden genug, um mit Überraschungen fertig zu werden, so dass Zeitschriftenwerber und Wachtturm-Menschen meist leichtes Spiel mit ihr hatten. Hinzukam, dass sie für ihr Leben gern Champagner trank, am liebsten den rosaroten.

So sei es denn, sagte ich mir am Ende: der DNA-Wahrheit eine Gasse und ein Hoch auf den Seelenfrieden!

Haare von Jonas gab es genug in unserem Haus, seitdem er beim Militär einen Stahlhelm trug, und Haare von mir zum Vergleich …, auch ohne Helm verlor ich von Tag zu Tag immer mehr. Dr. Fassang guckte irritiert, als ich schon wieder in seinem Labor mit unseren Haarproben erschien, und quasselte was von Datenschutz.

- Ist schon okay, beruhigte ich ihn, alles rechtlich abgeklärt, das kannst du mir glauben. Und wenn es nicht okay ist, dann musst du es trotzdem machen, weil du mein Freund bist, und Freundschaft steht über Persönlichkeitsrecht.

- Eine neue BVG-Entscheidung?, fragte er verwirrt.

- Absolut neu, sagte ich, niegelnagelneu, darum kennst du sie noch nicht.

Zwei Tage später – wir spielten wieder einmal Bridge mit den beiden Japsen und draußen schüttete es noch immer ohne Unterlass – der Rückruf von Fassang.

- Hast du irgendwo einen Stuhl, Hocker oder sowas in der Art?, fragte er.

- Beeil dich!, sagte ich, ich habe gerade eine Gewinnsträhne. Was habt ihr herausgefunden in eurer Laborklitsche?

- Gute Nachricht, endlich haben wir ein Geburtstagsgeschenk für Laura.

- Ein Geburtstagsgeschenk? Ich verstand nur Bahnhof.

- Ja, richtig gehört, und zwar einen Keuschheitsgürtel. Waren zwar ausgestorben, die Dinger, aber es gibt sie wieder: in Leder, Silikon oder Edelstahl, und sogar mit einer Zahlenkombination daran, sieben-eins-eins zum Beispiel, leicht zu merken, weil das ja ihr Geburtstag ist.

Ich war fassungslos, und hätte ich nicht gesessen, ich würde jetzt liegen, auf dem Fußboden unseres Flurs, wo das Telefon noch immer an der Wand hängt. 99,9 % gegen meine Vaterschaft hatten sie im Institut ermittelt, das war genau, genauer ist nur noch die amtliche Leichenschau, nachdem einer von einer Straßenwalze überrollt worden ist.

- Dieser Fassang vorhin, was wollte er?, fragte Laura später.

- Eigentlich nichts Besonderes, log ich, eins seiner Meerschweine ist trächtig, das hat er erzählt.

Warum hätte ich mehr sagen sollen, mit einer Achterfarbe

auf der Hand und dem neugierigen Herrn Kurukawa zu meiner Rechten? Nein, ich wollte allein sein und überlegen.

Gegen Mitternacht zogen sich die beiden Japaner unter mehrfachen Verbeugungen zurück. Laura stand auf und gab mir einen Gutenachtkuss und ich holte eine Flasche Aberlour aus dem Bücherschrank, setzte mich an den Kamin, starrte in die Flammen und dachte nach.

Das mit ihrer Jonas-Schwangerschaft musste im ersten Jahr unserer Ehe passiert sein, in der ersten Aprilwoche, wie mein alter Taschenkalender zeigte. Da war sie einmal längere Zeit allein und ich auf einer Vortragsreise in …, was weiß ich, wo das war. Und mit wem sie sich damals eingelassen hatte – das wusste nur sie. Jedenfalls kein Einwegsex, nie und nimmer! Dafür kannte ich sie zu gut, eher ein Techtelmechtel mit einem Künstler: - Sie haben so wunderschöne Augen, wenn ich das mal sagen darf, die müsste man fotografieren, aber nicht so ein Allerweltsfoto für das Familienalbum, ich meine ein künstlerisches Porträt, wie ich es mache, denn es ist eine Sünde, solche Augen der Welt vorzuenthalten.

So etwa in der Art könnte es gelaufen sein. Und sie hätte sich geschmeichelt gefühlt, hold gelächelt, verlegen auf ihre Uhr geschaut, und am nächsten Abend wäre sie zu ihm ins Atelier gefahren.

Vielleicht hätte ich noch weiter sinniert und wäre am Ende vor dem Kamin eingeschlafen, aber plötzlich hörte ich Lauras Stimme hinter mir, die sagte:

- Ein Tänzer war es, wenn du es wissen willst.

Sie konnte Gedanken lesen, das hatte ich schon immer vermutet. Natürlich hatte sie mir meine Lüge von vorhin nicht abgekauft, und mein stundenlanges Grübeln vor dem Kamin – es hatte mit dem Anruf zu tun, womit sonst.

- Ein Tänzer? Ich nahm noch einen Schluck aus der Flasche, und in Gedanken sah ich Herrn Roon von der Tanzschule Roon und Bauer vor meinen Augen, wie er mit seinen Schülern Fox und Quickstepp übte. Eher hätte ich auf einen jungen Kollegen von der Fakultät getippt oder meinetwegen meinen damaligen Nachbarn, diesen Theatermenschen, der uns immer Premiere-Freikarten zukommen ließ.

- Ja, Tänzer, Tänzer, Sänger, Gitarrist, alles, nickte sie.

Und sie erzählte, wie es damals angefangen hatte mit diesem gut aussehenden Flamencosänger aus Granada, einem Typ mit langem, tiefschwarzem Haar und einer rauen, wilden Stimme, wenn er zu seinem *Cante Jondo* anhob. Sie war in seinem Flamencokurs gewesen und er hatte sie schon am ersten Abend – es war mein vierzigster Geburtstag – ins Bett gekriegt. Das dürfte ihm bei seinem Aussehen nicht schwergefallen sein.

- Ach, dieser Typ mit dem sonderbaren Namen, erinnerte ich mich, wie hieß er noch?

- Toilet, sagte sie, Máximo Toilet, aber für seinen Namen kann er ja nichts, niemand kann dafür, den hat man ihnen damals gegeben, als sie aus Indien nach Andalusien

35

kamen. Und dann beichtete sie mir alles, was ich als sehr anständig empfand, aber noch lieber wäre es mir gewesen, sie hätte auf Seitensprünge verzichtet. Doch das konnte ich guten Gewissens nicht verlangen.

- Und du, fass dich mal an deine eigene Nase!, hätte sie geantwortet, reden wir erst mal über deine Affären mit Studentinnen, Sekretärinnen oder der blonden Coiffeuse, die dir die Haare färbt, Anastasia, Larissa oder wie die kleine Hure heißt, ist auch egal. Du vernachlässigst mich schon so lange, immer nur schreiben, Taekwondo und Klavierspielen, *Angel Eyes* und *Laura*, hundertmal am Tag, das hält doch kein Schwein aus.

- Okay, okay, ich muss mich wieder mal um das Feuer kümmern, sagte ich, die Luftklappe ist zu und das darf nicht, weil jedes Feuer braucht Sauerstoff, wenn nicht, dann schnappst du ab und da gibt es keine Rettung.

- Schrecklich, sagte Laura, hör bloß auf damit! Das wird mich die ganze Nacht verfolgen, ich träume immer von sowas.

- Und ich träume von deinem Señor Toilet, glaubst du, das ist angenehmer?

In Wirklichkeit aber träumte ich wieder einmal von Graciela, und am nächsten Morgen setzte ich mich hin und schrieb ihr einen langen Brief: über meine überstürzte Abreise damals, mein Leben hier, Adrians Besuch, die Prügelei im Schnee und all diese Dinge.

Keine Antwort, und auch Freund Goldman fand keine Erklärung.

- So was erlebe ich jeden Tag in meinem Laden, meinte er, aber ich kann dich beruhigen: Das ist nichts Endgültiges, nur eine Caprice, wie wir Psychologen sagen, eine Laune oder etwas Banales. Vielleicht hat sie das Essen versalzen oder die Katze ist krank. Morgen sieht alles anders aus.

- Aber da ist keine Katze, nur ein Hund, sagte ich hilflos, und Goldman meinte, ich sei ein Mierenneuker, wie sie in Holland sagen.

- Mierenneuker? Ich verstand nicht.

- Ja, das heißt Ameisenficker, sagte er, aber du kannst auch Korinthenkacker sagen, wenn dir das neuken zu vulgär ist.

Ob neuken oder kacken, mir war's egal, und so ging ich in den Stadtpark, setzte ich mich auf eine Bank und überlegte. Eine Laune, hatte der kleine Doktor gesagt, aber das genügte mir nicht als Erklärung, denn ich schreibe witzig, anschaulich und intelligent, und alle haben immer geantwortet, die von mir Briefe bekommen haben, sogar ein Ministerpräsident war darunter, ein Bordellkönig, ein Erzbischof, ein Weltfußballer und ein Hollywood-Star, aber Goldman meint, die hätten gar nicht persönlich geantwortet, sondern der Sekretär. Macht nichts! Meist versteht der mehr von menschlichen Problemen als sein Chef.

Night in Tunisia

Es traf sich gut, dass ich eines Tages eine Einladung der Copper University in New York zu einem Kongress bekam. „Elektrischer Stuhl und Giftspritze, moderne amerikanische Hinrichtungsmethoden" war das Thema, das mich zwar nicht besonders interessierte, aber vielleicht würde ich ja irgendwo Graciela begegnen: Im Kopf der Freiheitsstatue, bei Guggenheim, in Little Italy oder, zumindest als Nachbildung, bei Madame Tussauds. Erfahrungsgemäß bringen solche Kongresse nichts, nichts außer Stumpfsinn, Zeitverschwendung, Gähnen, unzähligen Cups of Coffee in den Pausen und Zusammentreffen mit Langeweilern. Manchmal ist auch eine hübsche Kollegin dabei, mit der sich das Freizeitprogramm gestalten lässt, aber so etwas geschieht selten, vielleicht alle zehn Jahre, würde ich sagen, und dann sind meist so viele andere Typen hinter ihr her, dass das Ganze zu einem Wettbewerb ausartet. Liegt mir nicht, so etwas, selbst dann nicht, wenn die Kollegin ein Virna-Lisi-Klon wäre.

Sie hatten mich in einem 1700-Zimmer-Hotel gebucht, das war Teil der Pennstation mit ihren Zügen, den Ticketschaltern und den Donut- und Hot-Dog-Verkaufsständen. Mein Zimmer im 12. Stock – unangenehm und unerfreulich. Wieso?, fragen Sie. Sicher werden sie auch Lifte in dem Laden haben.
Nein, haben sie nicht, keinen einzigen, denn in den Staaten heißen die Dinger nicht Lift, sondern Elevator.

Davon gab es zwar genug, aber ich benutzte sie nicht wegen meiner Phobie: der Furcht abzustürzen oder eingesperrt zu sein. Nebenbei gesagt leide ich auch unter der Furcht vor Vampiren, Muslimen, Clowns und Bolschewiken. Die Angst vor der Zahl dreizehn allerdings ist mir fremd, ebenso die Gespensterangst, die Angst, tanzen zu müssen und auch die Angst, von einer Ente beobachtet zu werden, wie von Kublai Khan berichtet wird.

Trotzdem habe ich es aber dann doch in den Zwölften geschafft, in meinem Zimmer zwei Kakerlaken mit dem Telefonhörer zerquetscht, Siesta geschlafen und am Abend Leonhard Cohen im Madison Square Garden gesehen.

Der Kongress, langweilig und fad, wie ich befürchtet hatte, obwohl sie einen pensionierten Henker dabei hatten, der aus der Schule plauderte, und da ich schon mal hier war, beschloss ich, vor meiner Abreise Graciela anzurufen, mal eben so, willy-nilly.

Der Teilnehmer sei im Augenblick nicht zu erreichen, sagte eine unangenehme Männerstimme im Rekorder, und obwohl mir Gespräche mit Maschinen zuwider sind, nannte ich meinen Namen, meine Abflugzeit und diese Dinge und bat um ein freundschaftliches Wiedersehen in der Esquire Lounge des JFK-Flughafens, um hallo zu sagen und gemeinsam einen Kaffee zu trinken.

Ich zündete mir eine Zigarette an, ich setzte mich auf mein Bett, ich schaltete den Fernseher mit der

Zoosendung aus und ich überlegte. Schon eine sonderbare Geschichte diese Liaison, mehr als ein Flirt, viel mehr, aber auch noch keine Beziehung, wie man heute sagt. Dafür war die Zeit zu kurz gewesen. Das Ganze erinnerte mich an eine Bauruine, wie man sie heute überall findet, ein Haus ohne Türen und Fenster und mit Schwalbennestern an der Decke.

Was tun? Endlich fertigstellen das Ganze, bezugsfertig sozusagen? Das hieße fortfahren, wo man aufgehört hatte. Unmöglich nach so langer Zeit. Lieber umbauen, ein paar Nummern kleiner, und dann auf Freundschaft machen, ohne Nebengedanken. Klappt aber nie, hat mein Doc gemeint, vergiss es! Dann doch eher Abrissbirne und fort mit Schaden. Die sauberste Lösung, wenn ich's recht überlegte, aber nicht ideal. Deshalb erst mal abwarten, was noch kommen würde, und da schwante mir nichts Gutes. Ich war ein Leichtfuß gewesen und fürchtete die Strafe des Himmels. Blieb nur zu hoffen, dass der da oben Gnade vor Recht ergehen ließ und statt der großen Keule nur den Knüppel nahm, nicht das Riesending, den mittelgroßen meine ich, der wäre angemessen.

Als das Taxi anrief, zog ich meine schwarze Dreihundert-Dollar-Lederjacke und das dunkelrote Hemd an, nahm meinen Handkoffer und fuhr ins Esquire. Ich eilte die Vortreppe hinauf, ging durch die Drehtür, ein Blick in den Wandspiegel: Ja, obwohl etwas bleich im Gesicht, sah ich gut aus heute Nachmittag, das musste ich schon sagen, nicht ganz so gut wie gestern Leonhard Cohen, aber seine Lederjacke hatte mindestens zweitausend Dollar gekostet, da war ich sicher, von den Kosten für seinen Visagisten gar nicht zu reden.

Ich bekam einen Tisch gegenüber der Eingangstür neben dem Steinway und schaute mich um: Marineoffiziere mit ihren blauen Uniformen, Frauen in Jeans oder Hosenanzügen, eine Gruppe älterer Damen in grünen Röcken, offenbar Mitglieder eines Gesangvereins, eine Bande baumlanger Burschen in dunkelblauen Trainings-anzügen, Basketballspieler schätzte ich, und an einem langen Tisch soignierte Grauschöpfe in Einreihern und mit weißen Stickern im Knopfloch, von einem Gynäko-logenkongress. Die Bedienung kam, und ich bestellte American Bud sowie Red Snapper mit Avocadosalat und Kirschtomaten. Neben Caesar Salat und Chicken-Burgers kriegen die Yankees das meistens gut hin, mit Wiener Schnitzel haben sie aber ihre Probleme.

Graciela entdeckte ich nicht, solange ich auch suchte, aber ich wusste, dass sie gerne zu spät kam. Egal, mir blieben gut anderthalb Stunden und erfahrungsgemäß lässt sich eine Menge in dieser Zeit erledigen: *The Long Good Bye* von Altman im Kino nebenan anschauen, in einem Pub fünf Flaschen Bud trinken, eine Frau schwängern oder eine Niere transplantieren. Aber die Minuten tropften ab, schnell und immer schneller, und ich fühlte, wie meine Ungeduld wuchs.

Doch dann plötzlich schwingt die Seitentür auf und sie erscheint. Etwas verändert hat sie sich seit damals, das dunkle Haar jetzt kurz geschnitten und mit modisch eingefärbten grauen Strähnen. Sie trägt Jeans und eine weiße Bluse und erscheint immer noch jung für ihr Alter, ihre dreiundfünfzig Jahre, die sieht man ihr nicht an.

- Graciela, querida!, rufe ich, erhebe mich und gehe ihr entgegen, aber ich komme nicht weit, weil ich plötzlich am Boden liege, auf dem Rücken wie ein vom Baum gefallener Maikäfer, und über mir sehe ich entsetzte Gesichter auf mich herunterschauen. Emotionaler Stress und Kreislaufkollaps, Reflexantwort auf einen Reiz, hat später Dr. Goldman gesagt, und ich glaube, damit lag er nicht falsch.

- Hilfe, wir brauchen einen Arzt, ruft jemand und spritzt mir Wasser ins Gesicht, und einer der Kongressmenschen kommt herübergehastet, hebt meine Beine an und schiebt eine Kiste darunter. Und ich liege ganz entspannt und behaglich da unten und rühre mich nicht, während der Mensch meinen Puls fühlt. Wie es mir gehe, will er wissen, und ich nicke: - Alles okay!

Aber er glaubt mir nicht, spielt sich auf, fragt nach meinem Namen, meinem Geburtstag und so, und ich antworte: - Mein Name ist George Washington, geboren am zweiundvierzigsten Mai zwölfhundertfünf.

Irgendwie schaffe ich es nach einiger Zeit, mich wieder aufzurichten, und jetzt sehe ich Graciela, ganz in meiner Nähe. Sie sitzt am Steinway und spielt *Night in Tunisia* und andere Jazz-Nummern, und plötzlich weiß ich: Eine Verwechselung – mit Jazz hat sie nichts am Hut, Graciela, und mit Tunesien erst recht nichts.

Und dann erscheint schon der Notarzt in einem roten Overall und macht seine Messungen.

- Alles halb so schlimm, meint er danach und gibt mir eine Handvoll Pillen. Treten Sie ruhig Ihren Flug an, kein Problem.

Und sie schieben mich im Rollstuhl in die Waiting Zone, und ich sehe, dass sich der Flug eine Stunde verspätet hat, aber das stört mich nicht. Im Gegenteil: Vor mir sitzen zwei hübsche Teenager, dem Akzent nach Mexikanerinnen, und unterhalten sich ganz ungeniert über Bettgeschichten auf einer Pyjamaparty. Und gegenüber warten zwei alte Knacker, glatzköpfig und mit Specknacken, Zwillinge in identischen Klamotten: schottischen Blackwood-Sakkos, gewürfelten Pluderhosen, braunen Halbschuhen und grün gepunkteten Schleifen um ihren dicken Hals. Irgendwie rührend die beiden, zu Herzen gehend, weil sie seit dem Kaiserschnitt bei ihrer Mutter ein ganzes Leben zusammengeblieben sind. Sicher schlafen sie noch immer in ihrem Etagenbett, der Jüngere oben, der andere unten, frühstücken gemeinsam an einem runden Küchentisch und hören Hillbilly-Musik, und irgendwann werden sie gemeinsam zum Fernsehturm gehen, mit dem Lift hinauffahren, sich an den Händen fassen und hinabspringen.

Vielleicht wäre mir noch mehr zu den Erscheinungsformen des Zwillingsdaseins eingefallen, aber am Ende kam der Boarding-Aufruf.

- Verzichten Sie auf Sekt und Wein unterwegs und versuchen zu schlafen, selbst wenn Miss World neben Ihnen sitzen sollte, hatte der Notarzt gesagt und mit einem Auge gezwinkert.

Die Miss kam nicht, aus welchen Gründen auch immer, aber sie hatte Ersatz geschickt: Einen permanent schniefenden Schuhfabrikanten aus Pirmasens, einen Typen, der nicht nur überaus dick, sondern auch unsagbar langweilig war. Auch gut, dachte ich, nehmen wir die Dinge, wie sie kommen, und so nahm ich noch zwei Tabletten, drehte mich auf die Seite und schlief.

Zu Hause – das Übliche: Rechnungen, der Steuerbescheid, eine Zeugenladung und diese Dinge. Und der Rehbock von der Tränke? Keine Spur von ihm und keine Spur von Graciela. Nichts, kein Brief, kein Telegramm, keine Ansichtskarte mit dem Schiefen Turm von Pisa, der Notre Dame – niente, nada. Vielleicht war sie krank oder mit ihrem Typ verreist, nach Queens umgezogen oder der großen Grippeepidemie zum Opfer gefallen, so dass ich sie nur noch auf dem Friedhof wiedertreffen würde. Fragen über Fragen. Schließlich beschloss ich, Adrian anzurufen. Ich nahm einen Schluck Glenfiddich und dann das Telefon, um die Nummer in Berkeley zu wählen – eine irre lange Zahl war das mit dreizehn Ziffern – aber im selben Augenblick, noch bevor ich die Drehscheibe bewegt hatte, schrillte der Apparat in meiner Hand, und ich wusste, dass er es war.

- Das ist Telepathie, sagte ich, ich hatte gerade an dich gedacht, und da sind meine Gedanken losgeschwirrt – so wie diese weißen Tauben – in deinen Kopf hinein, und du bist mir zuvorgekommen.

- Quatsch, meinte er. Willst du etwa sagen, dass ich nun Vögel im Kopf habe?

- Nicht direkt, es war mehr allegorisch gemeint, das mit den Tauben.

- Okay, ich verstehe. Aber warum ich anrufe? Mom ist fortgezogen, sie wohnt jetzt in Schottland, irgendwo ganz oben, jenseits der Zivilisation, da pflegt sie ihre Rollstuhl-Schwester Nora, diese verrückte Malerin. Die hat sonst niemanden, nur eine polnische Betreuerin aus Białystok.

- Das ist doch auch was.

- Glaubst du?, lachte er. Sie lebt schon lange im Land, diese Polin, aber nach zwanzig Jahren kann sie immer noch kein Englisch, nur einen Satz auf Scots: Will ye dance wi me?

Sechs Highlandfarben

Schottland hatte er gesagt. Das roch nach Highlands, Loch Ness und seinem Monster, nach frisch gestochenem Torf, Haddock-Räuchereien, Whiskytempeln mit Pagodendächern, und in Gedanken sah ich sechs Farben des Landes: das Gelb des Ginsters am Straßenrand, das Grün der Wiesen, das Violett des

Heidekrauts an den Berghängen und das Weiß und Schwarz der Lämmer.

- Und die sechste?, werden Sie fragen.

Das ist die Farbe der Highways, die rot sind, rot vom Blut der totgefahrenen Jungfasane.

So beschloss ich hinzufahren, denn seitdem ich einmal bei den Highland-Games diese wilden Kilt berockten, Baumstämme werfenden Rotbärte gesehen hatte, bin ich ein unverbesserlicher Schottlandfreak – trotz Haggis und Black Pudding.

Eine genaue Adresse? Hatte ich nicht, denn wer in Inbhir Losaidh ankommt, braucht keine Hausnummern, weil die Häuser beschlossen haben, ihre Nummern abzuwerfen wie die Hirsche ihr Geweih, und weil ohnedies alle hier in der Gegend Cruickshank heißen, ohne miteinander verwandt zu sein. Am besten, man geht in das Coffee House in der High Street, sucht sich einen Platz neben dem Kaminfeuer, bestellt einen Tee mit Kandis und Whisky und fragt Jenny nach der Malerin.

- Welche Malerin?, will Jenny wissen. Da gibt es zwei: eine Latina an der Bridge und die andere aus Island neben der Old Church.

- Muss die Latina sein, sage ich, denen liegt die Malerei im Blut.

- Dann ist es das letzte Haus vor dem Fluss.

Ich fand das Haus direkt gegenüber einer einsamen roten Telefonzelle. Seine Fenster zur Flußseite hin waren mit grünen Läden verschlossen, von der Rückseite war nichts zu sehen, weil hier der Weg endete und ein kniehohe Steinmauer sowie ein No-Trespassing-Schild das Betreten des Grundstücks verbot.

Was tun? Ich setzte mich auf die Wartebank neben der Telefonzelle, rauchte Zigaretten und blätterte in dem Sightseeing-Prospekt aus dem Papierkorb. Von dem Fluss hinter mir schrieben sie, von den Dünen am Oststrand, dem Leuchtturm, dem Fischereihafen und der Sturmflut, die vor einigen Jahren die Fußgängerbrücke hinweggeschwemmt hatte.

Auch heute sah es nach einem heranziehenden Unwetter aus. Das Meer war unruhiger als sonst, Raubmöwen und Sturmtaucher kreischten und vollbrachten Kunststücke in der Luft, und ein Basstölpel stand über mir auf dem Kabinendach und schaute angestrengt auf mich herunter in Erwartung eines Stücks pakistanischer Pizza. Ich enttäuschte ihn nicht.

Und so saß ich auf meiner Bank, und während ich wartete, erschien das halbe Dorf, um zu telefonieren: blondhaarige Fischer mit roten Gesichtern, kleine Hutzelweibchen in schwarzen Gewändern, kichernde Teenager mit an den Knien zerrissenen Bluejeans, halbstarke Laffen, die Zigarette im Mund, und bevor sie in die Zelle hineingingen, hielten sie alle höflich bei mir an und sagten: - Bitte, nach Ihnen, und jedes Mal schüttelte ich den Kopf und sagte: - Sehr nett, geh nur, ich warte noch.

Und sie gingen hinein und telefonierten, auf Gaelic,

Englisch und Scots. Ich spitzte die Ohren und hörte mit, aber es waren nur Belanglosigkeiten, nichts Weltbewegendes: Der letzte Haddock-Fang, die Polizeikontrollen beim Fahren ohne Licht, die Tickets für das Karen-Matheson-Konzert, die ausgebliebene Regel und die immer wiederkehrende Frage: Liebst du mich?

Nach einiger Zeit erschien die Kleine mit den zerrissenen Jeans noch einmal, lächelte freundlich und sagte: - Sie warten schon lange, können Sie mir sagen, auf wen?

Ich schüttelte den Kopf, überlegte, zuckte die Achseln und sagte: - Nein, das kann ich nicht, weil … ich weiß es nicht.

Und da sie vermutete, ich würde auch noch in der kalten Nacht auf meiner Bank hocken, holte sie eine warme Decke und legte sie mir um die Schultern.

Da sitze ich nun, ich warte, einen langen Tag und eine lange Nacht, ich höre das Rauschen und Klatschen der Wellen, das heisere Schreien der Möwen, ich sehe, wie die Lichter erlöschen: die Pizzeria, die Hafenmeisterei, der Pub und die niedrigen Häuser auf dem Hügel, eins nach dem anderen, ich schaue den Wolken zu, die sich vor die Mondsichel schieben, den Fischerbooten an der Mole, und ich wärme mich unter meiner Decke.

Und irgendwann – der neue Tag ist angebrochen – Bewegung bei den grünen Fensterläden, und mein Herz beginnt zu klopfen wie damals bei meinem ersten Rendezvous auf einem Remonstrantenfriedhof.

Das Tor öffnet sich und sie erscheint, und auch nach fünfunddreißig Jahren erkenne ich sie sofort: ihren langsamen Gang und den sorgenvollen, traurigen Blick. Sie atmet tief, überquert die Holzbrücke und nimmt den Weg zum Oststrand. Ich hinterher. Am Fuße der großen Düne hole ich sie ein, und als ich ihren Namen rufe, bleibt sie stehen, und ich sehe ihre Wangen eingefallen und ihre Augen ohne Glanz.

- Hola, Keke! Wir haben kalten Nordwind heute, sagt sie ohne Überraschung, so als hätten wir uns noch gestern in der Cafeteria gesehen, und ich nicke und überlege, was ich erwidern soll. - Gut schaust du aus, du hast dich nicht verändert. Wie geht es dir? Was hast du getrieben in all den Jahren?

Alles Phrasen, unwichtig und ohne Bedeutung, und so sage ich nichts, weil ich nichts zu sagen habe. Nebeneinander gehen wir durch den Sand, weichen den Strandwellen aus, und über unseren Köpfen die Möwe, die weitere Pizzabrocken fordert. Irgendwann sind wir hinten an der Mündung angekommen, dort wo sich der Fluss mit allerlei Unrat und Treibholz in die See ergießt. Da bleibt sie stehen und schaut mich an.

- Es war eine verrückte Zeit mit uns damals, sagt sie, sehr kurz und sehr verrückt. Aber vorbei ist vorbei. Es gibt keinen Weg zurück und keine Fußspuren im Meer.

- Adrian ist ein netter Kerl, ich mag ihn, sage ich.

- Das macht mich froh, meint sie, er hat es nicht leicht gehabt. Langsam entsteht so etwas wie ein Lächeln um ihren Mund. Und wir gehen zurück, am Wasser entlang auf demselben Weg, und der Vogel fliegt weiter über uns, der hat Ausdauer. An der Telefonzelle bleibt sie stehen, reckt den Kopf und hält mir die Wangen hin wie einem guten Freund.

- Chau, mein Lieber!, sagt sie, der Wind hat sich gedreht, mir ist kalt.

Und sie geht nach links zu dem grauen Haus mit dem grünen Tor und ich nach rechts die Straße hinauf zu Mohammet, dem Pizzabäcker, und die Möwe ist verschwunden.

Totentanz mit Mussolini

Ich bleibe eine Woche, betrinke mich zweimal in einer Brennerei, und als ich wieder zu Hause bin, finde ich ein Telegramm von Adrian. Zuerst lege ich es beiseite, weil mich eine düstere Ahnung befällt, aber dann öffne ich es doch. Ob ich zur Beisetzung nach Reggio in Kalabrien komme, will Adrian wissen.

Zur Beisetzung? Was für eine Frage! Natürlich bin ich mit Laura hingeflogen, denn ich mag Kalabrien und Familienfeiern: Geburten, Beschneidungen, Taufen, Namenstage, Hochzeiten und besonders Begräbnisse, allein schon wegen der trauernden jungen Witwen in Schwarz, der immer gut gelaunten Gäste und dem üppigen Leichenschmaus.

Es ist dann ein intimes Fest geworden, ganz en famille: Adrian mit seiner neuen Freundin, einer japanischen Flötistin namens Kayoko, ein Priester, der Alberto Mussolini hieß, aber kein Faschist war, wie er eilfertig versicherte, Jorge Ramírez und wir beide, Laura und ich. Adrian hat eine schöne Rede auf Englisch gehalten und von Gracielas gebrochenem Herzen gesprochen, die rührte uns alle zu Tränen, aber so muss es auch sein auf einer Trauerfeier, und als ich in der Ecke hinter einem Vorhang einen schönen Petrov Salonflügel entdecke, kribbelt es mir in den Fingern und ich fange an zu spielen: melancholische Sachen wie *Strange Fruit, Kind of Blue, Lonely Woman* und so, und Mussolini steht auf, um mit Kayoko zu tanzen. Muss aber nicht sein so etwas auf einer Trauerfeier, meine ich, aber er ist betrunken, das entschuldigt ihn. Comprendre c'est pardonner, sagen die Franzmänner, und die müssen es wissen.

Und jetzt bin ich zurück in den Auen und wundere mich, wie alles so gekommen ist: anders, ganz anders als geplant, doch *der Mentsch tracht und Got lacht.*
Jonas ist mit seinen Panzerleuten nach El Paso, Texas, gezogen. Da gibt es viel zu schießen. Und Adrian schreibt aus Kalifornien, wo wohlige, warme Winde weich wehen und verführerische Frauen in Hotpants auf Rollerskates über die Strandpromenade huschen. Kann mir vorstellen, dir würde das auch gefallen, schreibt er, womit er nicht ganz Unrecht hat.

Und Laura? Längst hat sie dem Flamenco bei Máximo Toilet entsagt. War wohl alles zu wild für sie, der Zapateado und das Techtelmechtel danach. Sie ist brav geworden und macht (sie sagt „studiert") jetzt Bauchtanz bei Madame Fatima Larbi, einer molligen Dame aus Marrakesch, deren Offerte sie am Schwarzen Brett unseres Supermarkts gelesen hatte. Gefallen mir nicht schlecht, diese Bewegungen, nur mit der arabischen Musik tue ich mich schwer, ist nicht so mein Ding.

Bleibe noch ich, meine Wenigkeit. Nichts Neues, wenn Sie fragen, immer noch Jazzklavier mit gewöhnungsbedürftigen Harmonien, immer noch Storys von Typen mit Angstneurosen und Zwangsphobien und immer noch Taekwondo-Bruchtests. Doch die Harmonien sind abgenutzt, die Phobien alltäglich, die Holzbretter dicker von Tag zu Tag. Und die Schlaghand? Besser nicht davon reden. Egal! So hole ich mir wieder einmal den Schwarzbraunen und reite durch die Auen, und wenn es Nacht wird, liege ich im Gras, trinke den Rest von meinem Speyside und schaue in den Sternenhimmel. Giraffe, Hase und Fuchs kann ich gut erkennen, und rechts daneben einen Rehbock, etwas vage und verschwommen zwar, aber er ist es, da bin ich mir sicher.

DER TAG, AN DEM ICH STARB

My Heart Belongs to Daddy

An dem Tag, als ich starb, wütete ein Orkan, und im Briefkasten fand ich einen Zettel von Kim. „Ihr seid für mich gestorben!", stand da, keine Anrede, keine Unterschrift – fünf Worte, nicht mehr, und achtzehn Jahre waren weggefegt wie trockenes Laub. Kim war fort, entlaufen wie ein Kätzchen, das beschlossen hat, sich eine andere Herrschaft zu suchen.

- Und ich hatte gedacht, sie liebt uns, schluchzte Laura und legte ihren Kopf an meine Schulter. Weißt du noch, wie glücklich wir waren all die Jahre?

Und dann holte sie wie gewohnt das Familienalbum mit den Fotos hervor und begann zu blättern: Ferien zu dritt, Kim im Fahrradkorb, im Rucksack, beim Skifahren, mit uns im Ehebett, Kim mit Schwimmflügeln im Planschbecken, bei der Einschulung an einem verregneten Vormittag, Kim im Rüschenkleidchen beim Ballett, im Reiterdress auf einem Pony, mit Katzenmaske beim Kinderkarneval und Kim in der Disko, wo ich sie nachts abgeholt hatte – mit dem Mofa übrigens, denn sie hatten mir damals den Führerschein entzogen.

Ja, es waren schöne Zeiten gewesen mit ihr, und als wir das letzte Mal zusammen durch das Venn geritten waren, da hatte sie mit lauter Stimme das alte Cole Porter-Lied *My Heart belongs to Daddy* geträllert. Aber das war gelogen.

Sie hatte kein Herz mehr, und wenn sie eins hatte, dann gehörte es dem Teufel.

Wo sie war? Keine Idee, sie hatte sich heimlich abgeseilt, wie sie zu sagen pflegte.

- Ein paar Wochen nur, dann wird sie wieder da sein, versuchte ich Laura zu trösten. Aber Kim kam nicht, und irgendwann waren wir müde, immer wieder zum Fenster zu hasten und hinauszuschauen, wenn ein Auto auf der Straße anhielt.

Gott sei Dank gibt es noch Detektive mit Berufsethos. Frank Joheit – ich kannte ihn flüchtig vom Taekwondo – spürte sie in Budapest auf, wo sie bei einer Studienfreundin abgestiegen war. Sogar eine Telefonnummer hatte er herausgefunden. Da rief ich spontan an, ohne groß zu überlegen. Eine Judith meldete sich, liebenswürdig wie alle Judiths, die ich in meinem Leben kennengelernt hatte, aber als ich nach Kim fragte, reagierte sie schroff und legte auf.

- Macht nichts, sagte ich mir, ich werde schreiben, das wird sie zur Vernunft bringen.

Im Briefeschreiben war ich wirklich gut seit meinem Kurs in Advanced Letter Writing am College von Kalamazoo. Ich setzte mich in den Garten, holte einen Bogen Papier, trank einen Schluck und legte los: Kindheitserinnerungen, unsere gemeinsamen Abenteuer, Liebesbekundungen, die gesamte Gefühlspalette, ein Brief, der einen Kindesmörder zu Tränen gerührt hätte.

Nicht Kim. Nach zehn Tagen bekam ich meinen Brief

zurück, geöffnet und danach wieder mit Tesafilm zugeklebt und mit dem blauen Stempel *Refusée* versehen. Kim hatte ihn gelesen, aber er hatte sie nicht überzeugt. Musste wohl am Stil gelegen haben.

Dann eben reden, das konnte ich noch besser. Als gelernter Strafverteidiger hatte ich schon die starrsinnigsten Richter erweicht. Warum nicht Kim?

Und so flog ich nach Budapest. Als ich landete, war es heiß, Feierabendverkehr und es regnete in Strömen. Mit dem Taxi kamen wir nur langsam voran wegen der Baustellen und Asphaltrisse, und immer wenn wir stehenblieben, deutete der Fahrer, ein Bauernbursche aus Siebenbürgen, auf verwahrloste Hausfassaden, vergilbte Gardinen und verhärmte Männer in durchgeschwitzten T-Shirts, wobei er unflätig fluchte, aus dem Fenster spuckte und murmelte: - Sozialismus, hahaha!

Mein Hotel war kühl und ruhig. Ich duschte, schaltete den Fernseher an und legte die Füße auf den Tisch. Als gegen sieben das Fernsehbärchen mit Zahnbürste, Handtuch und Waschlappen auf dem Bildschirm erschien, machte ich mich auf den Weg zu Judith. Sie wohnte in einem Mietshaus aus der Gründerzeit: enger Innenhof und drumherum, auf sechs Etagen an die hundert Pawlatschenwohnungen mit seltsamen Namen an der Tür: Kolobratnik, Roth, Morgenstern, Welser, Tóth, Hidegkuti und Szörényi, daran erinnere ich mich noch. Judith Pöstényis Wohnung war ganz oben im

Sechsten. Dummerweise hing der Gitterschachtfahrstuhl fest, weil jemand – wohl absichtlich – die Tür offengelassen hatte.

Ich schleppte mich hinauf, fand die Tür mit der Nummer 612A und klingelte. Keine Reaktion, nur ein dunkler Schatten hinter dem Guckloch, das war alles. So nahm ich mir einen leeren Blumenhocker, setzte mich, lehnte meinen Kopf gegen das Plexiglasgeländer und wartete, wobei ich die Tür im Auge behielt. Irgendwann schlief ich ein: zu viel Pálinka und zu wenig Siesta. Als ich wieder aufwachte, versuchte ich es noch einmal an der Türklingel, diesmal beharrlich und durchdringend, aber anstelle von Judith und Kim erschienen zwei Männer in blauen Uniformen mit dem Aufdruck *Rendörség*, verlangten meine Papiere und nahmen mich mit auf die Wache. Ungebührliches Benehmen, Renitenz und Belästigung hieß es, und zur Strafe verbrachte ich zwei Tage zusammen mit drei slowakischen Zigeunern in einer Einzelzelle.

Danach startete ich einen letzten Versuch, bescheidener und weniger aufdringlich. Diesmal hatte ich mehr Glück. Judith öffnete die Tür, lächelte und lud mich auf einen schwarzen Kaffee ein.

- Sie ist ausgeflogen, unsere Kim, meinte sie und hob bedauernd die Arme. Niemand weiß, wo sie sich versteckt hat, auch ich nicht. Sie will kein Zusammentreffen, um nichts in der Welt, und das zieht sie durch auf Teufel komm raus. Ich verstehe sie nicht.

- Da wären wir schon zwei, sagte ich, trank noch einen Schluck von dem Schwarzen und ging.

Ein Loch, tiefer als die Hölle

Sie hatte uns in ein tiefes Loch gestoßen, unsere Kleine, tiefer als die Hölle, und unser Leben aus den Fugen gebracht trotz Entspannungsübungen, Hypnosen und Meditationsseminaren.

Laura blieb tagelang im Bett, starrte an die Decke und rührte ihr Essen nicht an, nicht einmal die Saltimbocca. Dafür schluckte sie Armagnac aus der Hausbar und *Mother's little helpers,* diese Gemütsaufhellungspillen.
Und ich selbst? Wenn ich ehrlich bin: Bei mir war es ähnlich, aber ich trank schottischen Single Malt. Ich ging selten aus, wimmelte die Amigos ab, schrie den Zeitungsmann und den Postboten an, wenn sie mir über den Weg liefen, und untersuchte stundenlang meine Gliedmaßen und Organe, um alle Gebrechen von Aids bis Beulenpest an mir zu entdecken. *Argan numéro deux,* witzelte einmal mein Schwager. Da stieß ich ihn die Treppe hinunter.
Einmal erwachte ich wie so oft mit schwerem Kopf und vom Flur aus sah ich Laura, herausgeputzt und in ihrem dunkelroten Samtkleid, wie sie sich im Wohnzimmer zu schaffen machte und den großen Tisch deckte: Damast-Tafeltuch, Silberbesteck, Herend-Geschirr, brennende

Kerzen, Champagner im Kühler, all diese Dinge und dazu The Sultans of Swing aus der Musikanlage.

- Was ist? Ich rieb mir erstaunt die Augen.

- Das fragst du?, sie strahlte. Du hast vergessen, heute ist Kims Geburtstag, und da werden wir wie immer gemeinsam frühstücken, wenn sie kommt, unsere Kleine, und du solltest dir was Vernünftiges anziehen, am besten den Einreiher mit den grauen Streifen, falls er dir noch passt.

Sie hatte recht: Heute war Kims Geburtstag, aber das war auch das Einzige, womit sie richtig lag.

- Sie wird nicht kommen, sagte ich, sie kommt schon lange nicht mehr, und ob sie überhaupt noch einmal kommen wird: Das weiß nur der da oben.

- Was sagst du da? Das Strahlen wich aus ihrem Gesicht.

- Sie wird nicht kommen, wiederholte ich, wir müssen den Champagner allein trinken, aber auch gut, dann bleibt mehr für uns.

Laura brauchte lange, ehe sie begriff. Sie schüttelte heftig den Kopf und schaute immer wieder mit wirrem Blick aus dem Fenster. Dann trank sie ein, zwei Gläser und verschwand. Am Abend fand ich sie in ihrem Schlafzimmer: bewegungslos auf dem Fußboden neben dem Bett und auf ihrem Nachttisch ein leeres Schlaftablettenröllchen.

Zum Glück hatten wir die Notaufnahme gleich um die Ecke, ein Hospital mit einem tüchtigen Doktor. Der holte Laura aus dem Hades zurück.

Doch ihre Depressionen blieben, und ich wusste, irgendwann würde sie in den Fluss springen, sich vor die S-Bahn werfen oder mit einer Gillette in der Hand in heißes Badewasser setzen.

Meine letzte Hoffnung war German Nikitin, dieser seltsame Guru aus Nowosibirsk.

Als wir ihn aufsuchten, stand er vor einem Billardtisch und hielt eine große, smaragdgrüne Kristallkugel in der Hand. Mit dem langen grauen Bart, dem mit einer Kordel zusammengebundenen Rubaschka-Hemd und den schlabberigen Stiefelhosen sah er aus wie ein Klon des alten Tolstoi.

- Ein Unglück ist geschehen, fing ich an und wollte erzählen, aber da hatte Laura schon Kims Zettel und unsere Familienfotos aus ihrer Handtasche geholt und mich unterbrochen.

- Unglück nennst du es, dass sie uns verlassen hat, Unglück? Schicksalsschlag würde ich es nennen, eine Katastrophe in unserem Leben. Und nichts deutete darauf hin, gar nichts. Einmal Mary Jane geraucht und betrunken im Stadtpark gelegen, und kürzlich, wir waren ausgeflogen, da hat sie ihren zwanzigsten Geburtstag in unserem Haus gefeiert mit ungefähr fünfzig, sechzig Leuten, die meisten ohne Einladung, und die haben in der Hausbar gesoffen, gekotzt, in unseren Betten herumgevögelt und dabei die Schuhe anbehalten.

- Wie in Nowosibirsk, sagte Nikitin.

Er erhob sich, schlurfte zu seinem Samowar hinüber und brachte süßen Tee in Gläsern.

- Aber das ist kein Grund wegzulaufen, fuhr Laura fort. Was soll sie machen, wenn da plötzlich Typen aufkreuzen mit einer Flasche Wodka Rachmaninow in der Hand? Ich meine, das spricht sich schnell herum, dass da irgendwo eine Party abgeht, und dann stehen sie alle vor der Tür, sogar vier Japaner waren da oder Koreaner, das weiß man ja nie so genau, aber die waren die Höflichsten von allen, hat Kim gesagt, die hätte man auch normal einladen können. Und nun ist sie weg, unsere Kleine, ohne ein Wort zu sagen.

Laura griff sich mit beiden Händen an die Brust und brach in Tränen aus, und ich hatte alle Mühe, sie wieder zu beruhigen.

- Weg, abgehauen, wiederholte sie, und ohne ein Wort zu sagen.

- Ein Wort, Nikitin schüttelte den Kopf, es waren fünf Worte, wenn ich mich recht erinnere: „Ihr seid für mich gestorben."

- Okay, Laura überlegte, will sagen, sie hatte keinen Grund, keinen guten und keinen schlechten.

- Immer gibt es Gründe, meinte Nikitin, manchmal auch sehr verrückte. Natalja aus der Nachbarschaft hat ihre Familie verlassen, um mit einem Wolfsrudel zu leben.

- Mit Wölfen, Laura schüttelte den Kopf, Kim hat schon Angst vor Hunden. Sie würde niemals mit Wölfen leben, unsere Kleine.

- Ein Paradigma, nicht mehr, sagte Nikitin und begann seine Kugel auf der Tischplatte zu drehen. Dann wandte er sich um und schaute mich mit seltsamem Blick an.

– Ein fernes Land sehe ich, meinte er, lang, schmal, heiß und mit einem gigantischen Fels im Strandwasser. Da suche, aber gib Acht auf deine Augen!

- Ein fernes Land, was wird er gemeint haben?, fragte Laura, als wir danach im Auto zurückfuhren.

- Ich nehme an Chile, sagte ich, sehr lang, sehr schmal, sehr heiß und wegen der gleißenden Sonne eine Gefahr für die Augen, wobei mir einfällt: Dein Lover von damals, dieser Señor Rotz, war der nicht von dort?

- Ja, meinte Laura, doch er hieß Ross, wenn du es genau wissen willst. Ich dachte aber, dieses Thema wäre inzwischen ausgelutscht.

- Entschuldigung, Entschuldigung! Aber nicht **ich** habe damit angefangen, das musst du zugeben, sondern dieser Nikitin.

- Mein Gott, deine Haarspalterei! Sie schlug mit der Handfläche gegen ihre Stirn. Nikitin hat von einem langen, schmalen Land gesprochen, aber Chile, das kam von dir, wenn du ehrlich bist.

- Gut, du hast recht!, gab ich mich geschlagen. In Zukunft werde ich mich anders ausdrücken, ich werde von deinem Beitrag zur Völkerverständigung sprechen. Ist das okay?

- Genug! Jetzt reicht's, lass mich aussteigen!

Sie machte Anstalten, die Autotür aufzureißen und aus dem fahrenden Wagen zu springen, aber dann entschied sie sich doch, sitzen zu bleiben und am Autoradio zu drehen.

- Übrigens, dieser Ross, fuhr sie fort, willst du wissen, wie die Sache damals ausgegangen ist?

Ich schüttelte den Kopf. - Muss nicht sein.

Zwar interessierte es mich, aber ich wollte nicht, dass sie Details erzählte, denn wenn mir etwas auf den Senkel geht, dann sind es diese beschissenen Geschichten von meinen Vorgängern. Die finde ich zum Kotzen. Deshalb hatte ich es auch in all den Jahren vermieden, in ihrem Tagebuch herumzuschnüffeln, obwohl es mir manchmal schwergefallen war.

Die Kunst, einen Morro zu besteigen

Nikitin mit seinem gläsernen Hokuspokus-Ding hatte mich neugierig gemacht, ebenso wie Ross, mein Nebenbuhler. Also packte ich eine Reisetasche und flog in den Großen Norden, wie sie in Chile sagen.

Als wir einschwebten, brach ein trüber Morgen an, und da war der Morro. Riesig und schroff ragte er wenig einladend aus dem Grau des Strandwassers empor. Trotzdem trieb es mich hinauf, obwohl ich nicht wusste, was ich oben wollte. Der Weg war holperig, steil und einsam, nur Schwärme von aufgeschreckten Möwen,

Seeschwalben und Tölpeln segelten laut kreischend umher. Hinter der letzten Kurve ging die Sonne auf und ich sah den Christus. Mit weit ausgebreiteten Armen stand er auf seinem Sockel und blickte über die Welt.

Ich setzte mich auf die Stufen zu seinen Füßen, wischte mir den Schweiß von der Stirn und plötzlich erblickte ich einen Greis mit zotteligem, weißem Haar hinter der Statue.

- Ich grüße dich, sagte der Alte. Was treibt dich um zu so früher Stunde?

- Ich suche Wahrheit und Erkenntnis, meinte ich, aber ich habe sie nicht gefunden.

- Wahrheit und Erkenntnis – sie sind es wert, gesucht zu werden. Komm, vielleicht kann ich dir helfen.

Er ergriff meinen Arm und führte mich auf die andere Seite des Morro, von wo aus man einen weiten Blick über die Gegend hatte.

- Sieh das Meer und dahinter die Stadt, meinte er, die Stadt mit dem Hafen, der Kathedrale und dem Museum. Und rechts daneben siehst du ein graues Haus, gleich hinter dem Park. Dort solltest du weitersuchen.

Er nickte mir ermunternd zu, sprach einen Gruß und verschwand so plötzlich, wie er erschienen war.

Das graue Haus hinter dem Park, hatte er gesagt, aber da waren mehrere Häuser in Grau, fünf an der Zahl, was mich verwirrte. Ich setzte mich auf eine Bank und hoffte insgeheim, dieser Ross würde mir über den Weg laufen, stehen bleiben, seinen Hut liften und sagen: Hola, mein Name ist Enrique Ross, ich bin der, der dir damals Hörner aufgesetzt hat.

Und dann? Keine Idee, eigentlich wollte ich nur wissen, wie er aussah, das war alles. Ross war sein Familienname, zwischen vierzig und fünfzig sein Alter, und wahrscheinlich war er Anwalt geworden, denn Anwalt werden sie alle, weil es leicht ist und viel Geld bringt. Und nach dem Studium schiebt man die Töpfe und Pfannen der elterlichen Küche hinter einen Vorhang, stellt ein paar dicke, aus dem Container gefischte Gesetzbücher auf den Herd und hängt an die Küchentür ein schönes emailliertes Schild, worauf steht: Doctor Enrique Ross, Abogado.

An den folgenden Tagen habe ich Adressbücher gewälzt und Büros abgeklappert, und ich fand ihn, noch dazu im Doppelpack: Doctor Enrique Ross in der Columbusstraße und Doctor Enrique Ross in der Pazifikstraße, beide gar nicht weit von meinem Hotel entfernt.

Zwei mit demselben Namen – da war guter Rat teuer. Ich fragte den Nachtportier, einen Mann mit Schlawinergesicht.

- Einen Abogado?, wollte er wissen, Strafverteidigung oder geschäftlich?

- Ein Unterhaltsprozess, sagte ich, aber zur Abwechslung mal gegen ihn persönlich, den Herrn Abogado.

- Dann ist es mit Sicherheit der Erste, der aus der Columbusstraße. *Semáforo*, Straßenampel, nennen sie ihn, weil er einen Tick mit seinem linken Auge hat, angeboren und sehr komisch. Aber hüten Sie sich, ihn auszulachen deswegen! Er kriegt es fertig, holt seine Neunmillimeter aus der Schublade und schießt Sie ohne Weiteres über den Haufen. Er ist ein Wüstling mit einer Menge Bälgern, die rennen ihm hinterher, der wagt sich nicht einmal ohne Verkleidung auf die Straße, um sich Zigaretten aus dem Automaten zu ziehen.

- Und der Zweite?

- Der Zweite? Den können Sie vergessen. Ein sehr guter Advokat, wie alle sagen, aber stockschwul, der kommt nicht in Betracht. Und zum Schluss noch, bevor Sie losziehen, ein Tipp für den Touristen: Sie sollten sich den Umzug anschauen, dann hat sich schon die Reise gelohnt.

- Den Umzug?

- Die *Semana-Santa*-Prozession heute Nachmittag. Da gibt's was zu sehen. Wird Ihnen gefallen, glauben Sie mir.

Eine gute Idee. Ich aß eine *Empanada* mit Schinken und Käse, trank einen Krug Bier, schlief eine ruhige Siesta mit eingeschalteter Klimaanlage, duschte mich, zog mein rotes Polohemd mit dem Einhorn-Emblem an und begab mich auf die Straße. Die Sonne blendete mich und sprang mich an, ein riesiges, gelbes Tier. Gib Acht auf deine Augen!, hatte Nikitin gewarnt, und so ging ich zurück ins Hotel, holte meine Sonnenbrille aus dem Koffer, die große, schwarze Americana, die, abgesehen von meiner markanten Nase, nicht viel von meinem Gesicht übrig ließ.

Am Rande des Parks neben den Springbrunnen fand ich noch einen Sitzplatz auf einem Absperrstein, wo es sich aushalten ließ. Ich musste nicht lange warten, da ertönte dumpfes Pauken-Dumm-Dumm und an der Ecke erschienen die Spitzhauben-Nazarener in ihren dunkelblauen Kutten und hinter ihnen barfüßig die schwarz maskierten Büßergruppen in dunklen Gewändern, ächzend unter der Last der eichenen Holzkreuze und des Marienbildstocks. Ein Haufen Jugendlicher mit langen weißen Gesichtsmasken bildete die Nachhut. Leichtfüßig wie Harlekine hopsten sie in grotesken Sprüngen durch die Straße, und plötzlich löste sich einer von ihnen aus der Gruppe, kam näher, und ehe ich michs versah, hatte er mir irgendwas ins Gesicht geschüttet: eine höllisch brennende Säure, die mich blendete und meine Augäpfel verätzte. Ich schrie, warf mich zu Boden, zuckte und wälzte mich auf den Steinen, bis mich irgendwann jemand an der Schulter packte und eine Frauenstimme fragte: - Großer Gott, was ist los, was ist passiert?

Und ich sagte: - Das ist meine religiöse Ektase, wenn Sie wissen wollen, alles halb so schlimm.

Und die Stimme sagte, das sei schlimm genug, damit sei nicht zu spaßen und ich müsse ins Hospital, jetzt sofort und ohne Widerspruch.

Und so fuhren wir in die Ambulanz am Ende der Stadt, und der Notarzt meinte, sie hätten Glück gehabt, meine Augen, die sollten sich bei meiner Sonnenbrille bedanken.

- Meine Sonnenbrille?

Er nickte. - Ich will es einmal so formulieren: Ohne die Brille hätten Sie nie wieder eine nötig gehabt.

Sie behandelten mich mit milden Laugen und Essenzen, und da sie gründlich waren und ihr Handwerk verstanden, behielten sie mich drei Tage da. Am Vorabend meiner Entlassung suchte mich der Finanzmensch des Ladens auf und druckste herum.

- Sie wissen, wir sind eine private Klinik, meinte er, darum bitten wir um Barzahlung, und zwar in US-Dollars, das ist unser Geschäftsprinzip.

- Morgen früh, sagte ich, ich habe eine Kreditkarte, und einen Geldautomaten gibt es auch um die Ecke.

Ich schlief sehr schlecht in der Ambulanz und träumte wirres Zeugs: von kleinen, maskierten Teufeln, die mir mit langen Spießen in die Augen stachen, und dann, dass ich meine PIN für den Geldautomaten vergessen hätte. Unmöglich, dachte ich, unmöglich. Seit fünfunddreißig Jahren ziehst du ohne Probleme Geld mit derselben PIN aus Cash Machines in Chihuahua, Alaska, Russland, Algerien und was weiß ich, und immer hat es geklappt mit der PIN.

Am nächsten Morgen bin ich dann sofort hin zu dem Bankautomaten. „Good morning, Mister Doctor!" begrüßte mich das Ding, während ich die Karte in den Schlitz steckte, aber bei der PIN-Eingabe war es vorbei mit der Höflichkeit. Jedenfalls lehnte der Kasten dreimal ab, und beim vierten Mal verlor er seine Geduld mit mir.

„All good things go by three and not by four", teilte er mir mit, und ich fühlte mich wie bei der Kirmeslotterie, wo es heißt: „Wieder nichts gewonnen, aber verlieren Sie nicht den Mut!"

Den hatte ich in der Tat nötig, denn für eine telegrafische Überweisung meiner deutschen Hausbank verbrachte ich einen ganzen Tag in der Kabine eines 1-Centers. Dass Kaczmarek der Mädchenname meiner Großmutter mütterlicherseits war, Tito der Spitzname meines Lateinlehrers und Apollo das Pseudonym meines Bruders – all das konnte ich Herrn Falk, dem Bankmenschen, sagen.

- Und nun noch Ihre Lieblingsmetapher?, fragte er.

Da musste ich schon überlegen, denn ich hatte etliche gehabt, abhängig von meinen Befindlichkeiten.

„Die Brise tanzte leichtfüßig durch die Nacht", sagte ich schließlich.

- Ein Chandler-Zitat, bravo, großartig, Ihr Literaturgeschmack! Herr Falk war außer sich.

- Danke für das Kompliment, meinte ich, und wann ich denn endlich mein Geld bekommen könne.

- Ihr Geld, da machen Sie sich keine Sorgen, sagte Herr Falk, die Überweisung geht ab, Express, jetzt sofort, und für einen Literaturfreund wie Sie gebührenfrei. Übrigens er hätte **auch** ein Chandler-Zitat, eine schöne Metapher, wenn es mich interessierte.

- Lassen Sie hören, heraus damit!

Er überlegte einen Augenblick und dann zitierte er: „Sie war leichtfüßig wie ein Ballettmädchen mit Holzbein."

Herr Falk hatte nicht zu viel versprochen. Binnen kurzem hatte ich eintausend Dollar in Fünfzigerscheinen. Zuerst ging ich zur Polizei, wo man meinen Unfall aufnahm und mich tröstete mit der Bemerkung, derlei Fälle häuften sich in letzter Zeit.

- Eine neue Masche bei Überfällen, meinte der Sargento, früher das Messer, jetzt die Säure, und immer sind es Peruaner. Ich habe den Eindruck, jemand mag Sie nicht. Ihre Geschichte – das war kein Dummejungenstreich. Also seien Sie vorsichtig!

Das versprach ich ihm und kaufte mir unten neben dem Bahnhof einen eisernen Schlagring mit Spitzen, ein Cudeman-Klappmesser mit Edelholzgriff und einen höchst eleganten Selbstverteidigungsregenschirm mit Stoßspitze aus Edelstahl.

Dann rief ich noch einmal Laura an.

- Schon mal was von Zeitverschiebung gehört?, fragte sie. Bei uns ist es fünf Uhr morgens.

- Tut mir leid, aber es geht nicht anders, sagte ich. Ich habe dich nie nach diesem Ross gefragt, weil das Rühren im Topf der Vergangenheit ist nicht mein Ding, aber jetzt muss ich es wissen: Dein Techtelmechtel mit diesem Kerl damals: Kann es sein, dass es mehr als oberflächlich war?

- Das kann sein, meinte sie. Ich wollte es dir immer schon sagen, aber du warst ja taub auf dem Ohr.

Das genügte mir und ich machte mich auf den Weg.

Doctor Ross – den Wüstling meine ich – hatte seine Kanzlei im siebten Stock eines Neubaus mit marmorner

Eingangshalle und einem grauhaarigen Männchen darin, das den Summer an der Tür betätigte und einem zeigte, wo der Lift war. Oben an der Rezeption saß eine Blondine namens Irma. Mit ihrem grellen Make-up, den künstlichen Wimpern und dem engen, kurzen Kleid hätte sie auch gut eine Empfangsdame in einem Stundenhotel abgegeben.

- Den Herrn Doctor, und ohne Anmeldung? Um Himmelswillen!

Sie rollte mit den Augen, schüttelte den Kopf und verschränkte die Arme vor der Brust.

- Es ist dringend, sagte ich, sehr dringend, und es ist privat, privatissime.

Sie schaute mich an, irgendwie beleidigt, weil ich ihren Dienstablauf durcheinandergebracht hatte.

Dann stand sie auf, strich ihren Rock glatt, so gut es ging, und schritt auf hohen Absätzen davon, um nachzufragen.

- Kommen Sie!, meinte sie dann, aber Sie sollten sich kurzfassen.

Ross saß fett und mit aufgedunsenem Gesicht in einem Ledersessel neben dem Fenster, von dem man einen Blick nach unten auf den Straßenverkehr hatte. Hinter ihm an der Wand ein Gemälde von Präsident Pinochet in weißer Generalsuniform, finster blickend, die Hand zum militärischen Gruß an der goldgetressten Mütze, und auf seinem Schreibtisch ein signiertes Foto von Maradona, dem Fußballstar, in einem schweren Silberrahmen.

- Alemán? Er musterte mich kühl von Kopf bis Fuß. Glauben Sie mir, ich habe einen Blick für Nationalitäten. Er streckte mir die Hand entgegen, wobei er immer wieder mit nervösem Zucken sein rechtes Auge öffnete und schloss.

- Alemán, erraten, sagte ich, leider sieht das hier jeder. Auf der Straße haben mich chilenische Fans schon mit Steinen beworfen, weil ein deutscher Schiedsrichter euch beim Länderspiel betrogen hat.

- Man sollte ihn lebendig auf dem Grill rösten, diesen Kerl, meinte er. Zwar betrügen alle, jeder dreht hin und wieder mal ein Ding, besonders die Politiker, alles verzeihlich, doch Betrug im Fußball das ist ein Verbrechen, das ist schlimmer als Vatermord.

- Und der Kleine mit seiner Hand Gottes?, wollte ich wissen.

- Maradona? Sein Gesicht wurde eisig. Das ist ein Sonderfall, der ist nicht zu vergleichen. *El Pibe* war einmalig, ein Genie, ein Gott, der beste Spieler aller Zeiten.

Er ergriff das Maradona-Bild mit beiden Händen, betrachtete es liebevoll und drückte es zärtlich an seine Brust. Vielleicht hätte er es auch abgeküsst, aber ich unterbrach ihn und sagte: - Okay, ein Genie, ein Gott, aber auch ein ziemlicher Hurenbock, wenn man das so sagen darf.

- Keine Hurenböcke in Südamerika.

Er verzog missbilligend das Gesicht. Nennen Sie uns lieber Frauenhelden oder Verführer oder schlicht Latin

Lovers, das trifft es besser, denn die Weiber fliegen auf uns, besonders im Karneval, das lässt sich ja nicht bestreiten. Ehrlich, ich könnte ein Lied davon singen.

- Hahaha! Ich musste mich zurückhalten, um nicht loszuprusten vor Lachen. **Der** und ein Latin Lover, dieser Fettsack mit seinem Zuckauge. Verglich sich wohl mit Mastroianni. Eigentlich unverzeihlich, dass sich Laura mit ihm eingelassen hatte. Und das Schlimmste: Wir hatten uns zu der Zeit schon gekannt, Laura und ich. Würde mich interessieren, wie sie ihn damals genannt hatte: Wahrscheinlich Quique oder Kiki, das sind die Kosenamen der Enriques. Und wo sie's getrieben hatten? Im Studentenheim, im Volksgarten, im Auto oder an den Baggersee, wer weiß. Steht wohl alles drin in ihrem Tagebuch, doch ich habe es nicht gelesen und ich werde es auch weiter nicht tun, sonst kommt mir die Galle hoch. Aber vielleicht hat er ja damals anders ausgesehen, unser Kiki, ich meine, selbst der kugelige Maradona war früher anders: zwar immer kurze Beinchen, aber athletisch und muskulös.

Und was mich selbst anbetraf – auch nicht gerade ein Adonis. Kaum glaubhaft meine Aventüren, die ich immer im Club erzähle. Wie viele Frauen es waren? Muss ich noch mal in meiner Liste nachschauen. Aber lassen wir das! Klingt angeberhaft, und Laura wird sich ärgern und mir aus Rache Hammel servieren, wobei ich immer das große Kotzen kriege.

Hinzu kommt: meine Liebschaften von damals – auch

nicht alle Rasseweiber von der Playboy-Titelseite, wenn ich nur an die Bulgarin mit dem Fetthintern oder die mondgesichtige Lappin vom Nordkap denke.

Aber wir hatten es schwergehabt seinerzeit, ungeheuer schwer. Mindestens eine Woche balzen, baggern und werben, das war normal. Und heute? Die sexuelle Revolution hat ihre Kinder entlassen und den Mädchen die Pille als Taufgeschenk auf den Gabentisch gelegt. Ehrlich: Gehen Sie an einem heißen Tag durch den Englischen Garten in München! Alles nackt und freizügig, unten an der Isar und oben auf dem Rasen, und keinen stört's, und die Bullen ziehen es vor, am hellichten Tag die Fahrradbeleuchtung zu kontrollieren, anstatt den Nackten eine Wolldecke überzuwerfen und sie mit auf die Wache zu nehmen, die Latin Lovers inbegriffen.

- Ja, ja, die Latin Lovers, wiederholte ich seinen Spruch, wir haben sie immer beneidet, aber irgendwann hatte man sie am Arsch und sie mussten zahlen.

Es dauerte einige Zeit, ehe er reagierte, und ich hatte den Eindruck, sein rechtes Auge zuckte schneller als zuvor: eine Ampel außer Betrieb.

- Ach so ist das, jetzt verstehe ich, Sie sind also auch einer von den Alimenteneintreibern! Ein gutes Geschäft, wenn es funktioniert, doch bei uns läuft das nicht, selbst dann nicht, wenn so ein Kind persönlich und ohne Abogado hier aufkreuzt und die Betroffenheitsmasche abzieht. Also nix da, Fehlanzeige. Das habe ich auch neulich der Kleinen gesagt. Hier bei mir ist nichts zu holen. Hier ist

Chile und nicht Alemania. Doch genug gequatscht, Irma wird Sie zum Lift begleiten.

Er drückte den Telefonknopf und erhob sich, und ich sah, dass er mit seinem Bauch kaum zwischen Schreibtisch und Regal hindurch kam. Zu viel *Bife* und Rotwein und zu wenig Bewegung. Vielleicht sollte er die sieben Stockwerke zu Fuß gehen, mindestens dreimal am Tag, und dabei immer zwei Stufen auf einmal nehmen, das würde ihn jünger machen.

Auch ich stand auf und überlegte, ob ich ihm eine reinhauen sollte in seinen Wamst, meinem Co-Daddy. Er war schuld, dass ich Hörner trug, diese lächerliche, blinkende Latin-Lover-Attrappe, und er hatte Kim, unsere Kleine, zum Teufel geschickt. Aber dann hatte ich eine bessere Idee, als ich das Maradona-Bild auf seinem Schreibtisch sah.

- Maradona, ein Genie, ein Gott, hatten Sie gesagt, oder? Götter leben im Himmel, Götter können fliegen, so heißt es, wollen wir doch mal sehen, ob es stimmt.

Und ich nahm das Bild, und ehe er mir in den Arm fallen konnte, warf ich es mit Schwung durch das Fenster, hinunter auf die Straße, direkt vor den rot-gelben Zweiundvierziger.

Eisbein im Bavaria

Ich hatte richtig vermutet, Kim war vor mir hier gewesen und Ross hatte sie zum Teufel geschickt. Wo sie sich jetzt aufhielt: keine Idee. Dass sie aus Frust ins Wasser gegangen war und ihr Körper jetzt bei den Seehundbänken im Meer trieb – unvorstellbar und nicht typisch für sie. Sie hatte Ausdauer und gab nicht so schnell auf.

An der Plaza fand ich eine Polizeiwache, und die meinten, ich solle mal im Club Alemán nachfragen, Anlaufpunkt für alle Globetrotter deutscher Zunge, denen das Geld ausgegangen war.

Und so sitze ich nun im Club herum, trinke Dortmunder Bier und warte auf ein Wiedertreffen, und ich sehe auf der großen Uhr, dass es noch eine halbe Stunde ist, bis sie erscheinen wird, sich die kurze, weiße Schürze umbindet und mit dem Servieren beginnt: Eisbein mit Sauerkraut, Wiener Würstchen und Kartoffelsalat, Rollmops, Lachsfilet und all diese Sachen, und ich überlege, wie ich sie empfangen soll. Ganz cool: - Hallo, meine Liebe! Gut schaust du aus mit deinem Schürzchen! Was kannst du empfehlen heute Abend?

Oder weinerlich zerknirscht: - Endlich habe ich dich gefunden, mein Kind! Eine schlimme Zeit die letzten Monate, schlimm für deine Mutter und für mich. Komm zurück, wir brauchen dich, fangen wir noch mal von vorne an!

Aber vielleicht wird auch **sie** reden: - Sieh an, sieh an, nicht einmal hier am Ende der Welt kann man dir entkommen! Was muss ich noch tun, um dich loszuwerden? Eine Zeit hatte ich gehofft, du wärest gestorben, aber du lebst noch immer, sitzt hier und trinkst deutsches Pils. Kann ich leider nicht verhindern, aber lass mich wenigstens in Ruhe.

Und dann öffnet sich die Tür vom Hintereingang und Kim kommt herein. Sie trägt Jeans und Bluse, das ist hier so üblich, wenn man kellnert, und das dunkle Haar in einem Knoten zusammengebunden. Ein paar Anweisungen noch von Miguel, dem Club-Inhaber, und sie geht von Tisch zu Tisch, nimmt die Bestellungen auf und notiert sie säuberlich auf einem Block. Das muss sie, denn sie ist vergesslich und würde sonst glatt Stockfisch mit Kaninchen verwechseln.

Und dann ist sie bei mir, Tisch sieben ist das, wischt zerstreut mit einem Tuch darüber und fragt auf Spanisch nach meiner Bestellung, so wie sie auch bei den anderen Tischen gefragt hat. Sie schaut durch mich hindurch, denn in Gedanken ist sie woanders: bei Ross, dem Gauner mit dem Augentick, der sie hinausgeworfen hat, oder bei Miguel hinter der Bar, der gleich von ihr wissen will, was getrunken wird: Wasser mit oder ohne, Bier aus Dortmund oder Santiago, Chardonnay aus Curicó oder Malbec vom Aconcagua, weiß der Geier, wo die Chilenen überall Wein anbauen!

- Ich nehme mal die Makrele, wenn sie frisch ist, sage ich auf Deutsch, ohne von der Speisekarte aufschauen.

Sie stutzt verwirrt, überlegt und blickt hinauf zur Decke,

wo der Ventilator seine Kreise zieht, und auf einmal ist er da wieder in ihrem Gesicht, dieser My-Heart-Belongs-to-Daddy-Blick ihrer Kindheit.

- Gott im Himmel, das darf doch nicht wahr sein! Was hat dich hierher verschlagen? Sie schaut mich ungläubig an.
- Der *Morro*, sage ich, wollte sehen, ob er tatsächlich so riesig ist wie auf den Fotos.
- Und?
- Ja, ist er, sage ich, sogar noch größer. Jetzt weiß ich Bescheid, jetzt kann ich zurückfliegen.
- Zurückfliegen? Sie denkt nach. - Fliegen wir zusammen!
- Eine gute Idee.
- Nicht wahr?

Noch immer zögert sie und spielt nervös mit dem Schreiber in ihrer Hand, doch dann gibt sie sich einen Ruck. Sie beugt sich herunter zu mir und legt ihren Kopf an meine Wange.

- Das wäre schön, meint sie, einen Tag mit dir im Flieger. Am Fenster sitzen, kuscheln und die Anden unter den Nachtwolken sehen.
- Und eine Million lachender Sterne.
- Genau, meint sie, und du wirst mir wieder Geschichten erzählen, weißt du noch, so wie damals: von dem Mondmobil in der Galaxis, den Geysiren und Vulkanen hinter den Wolken, dem Sternenstaub und den silbrig glänzenden Wasserfällen da oben.
- Und den Mann im Mond nicht vergessen.

- Ja, sagt sie, den Mann im Mond, der immer so weh-
mütig und so traurig ist.
- Nix, ich schüttelte den Kopf und umarme sie. Das war
nur wegen seiner Einsamkeit, aber die ist vergangen. Er
hat keinen Grund mehr.

NUR EINE GUTE FREUNDIN

Blonder Engel

Der Zufall schreibt ganze Romane, hat Balzac gesagt und sich dabei mit dem Finger über den Schnäuzer gestrichen. Recht hatte er, der alte Meister, denn wäre nicht ein grüner Leguan über die Straße gekrochen, gemächlich und den massigen Kopf hin und her drehend: Ich wäre mit meiner Vespa weitergefahren und dann an der Plaza abgebogen. Aber so hielt ich an, und für einen Moment stand ich neben einer schwarzen Karosse, ließ den Motor knattern und wartete. Und in dem Auto, auf dem Beifahrersitz, eine Armlänge neben mir und hinter der getönten Scheibe: Ein Engel, wie er mir oft im Traum erschienen war, zart das Gesicht, schwermütige, blaue Augen und langes, blondes Haar, das offen über die Schultern fiel. Und sie lächelte mich an, so meinte ich, aber vielleicht lächelte sie auch nur so zum Spaß, vielleicht war ihr gerade etwas Lustiges eingefallen: die Geschichte des Katalanen im Bordell oder des Mannes, der alle Witzpointen vermasselt. Ich überlegte, aber dann sprang die Ampel vor uns auf Grün, und das Auto schoss davon.

Zum Glück hatte ich noch das Kennzeichen gesehen, zwei Buchstaben und eine lange Zahl dahinter, und so fuhr ich an den Straßenrand, wischte mir den Schweiß von der Stirn und notierte es mir nichts, dir nichts mit einem Stift auf meinem Unterarm, ohne zu überlegen, denn es passiert nicht alle Tage, dass du so einem riesigen Schlitten begegnest, nicht einmal hier im Norden der Stadt, wo Platanen, Bergamottenbäume und Palmen die Wege säumen, blaue Kolibris durch die Villen-Vorgärten schwirren und man von der Straßenanhöhe aus, über die große Avenida hinweg, die braunen Fluten des Rio und die weißen Segel der Boote sehen kann.

Und in der Südstadt eh nicht. Da sind die Autos oft umgebaute Dreiradvehikel und die Beifahrer junge Ferkel oder Schafe hinten auf der offenen Ladefläche. Villen und Vorgärten – nix dergleichen, dafür aber viel Unkraut am Straßenrand und wilde Grasbüschel im Pflaster, und aus dem Fluss, dem Rio, ist der Riachuelo, ein Flüsschen, geworden, eine Kloake voller Industrieabfälle, treibendem Müll, stinkender Fäkalien und anderem Dreck, weil die Stadtoberen das heilige Gelübde abgelegt haben, niemals Kläranlagen zu bauen.

Schwachköpfe und Banausen! Ich schloss die Augen und dachte an die blonde Schönheit, die eben noch neben mir gewesen war, an ihr blasses Gesicht und ihr rätselhaftes Lächeln. Wer um alles in der Welt war sie und wie konnte ich sie treffen? Von einer Telefonzelle aus wollte ich die Zulassungsstelle anrufen, aber das Kennzeichen auf meinem Arm war durch den Schweiß verwischt und unleserlich geworden. So ging ich persönlich hin zur Verkehrsbehörde, erzählte denen meine Geschichte und nahm auch ein paar Dollarscheine mit.

- Schwer, einen Halter zu finden ohne die Autonummer,

fast unmöglich, meinte der Auskunftsmensch, Señor Murati, aber vielleicht geht es über die Marke.

Marke? Da war er bei mir an der falschen Adresse. Automarken, Hersteller, Modelle und andere Details hatten mich noch nie interessiert, ich halte es mehr mit Farbe, Größe, Verdeck und so.

- Es war ein riesiger Wagen, schwarz, sagte ich, so groß, wie ich noch keinen am La Plata gesehen habe, und mit einem Stern als Markenzeichen.

- Riesig, schwarz und mit einem Stern, Murati überlegte, ich tippe auf Mercedes, Mercedes 300-Adenauer, davon gibt es nur drei, vier im Land, und einer davon steht in Olivos, dort wo Sie ihn gesehen haben. Unglaublich, an Ihnen ist ein Kriminalist verlorengegangen!

Er ging in einen Nebenraum, wälzte einige Folianten und kam mit zufriedenem Gesicht zurück.

- Hier haben wir Ihren Mann, Senator Rozental, aber diese Blondine im Auto, zu ihr habe ich nichts gefunden. Ich würde hinausfahren, mich mal umsehen und einen Blick über den Zaun werfen. Vielleicht sehen Sie sie dann, womöglich nackt: neben dem Schwimmbecken, auf dem Rasen, in der Hängematte oder auf dem Tennisplatz.

Eine gute Idee von Murati! Ich nahm den roten Vorortszug und stieg am Bahnhof aus. Die Hitze sprang mich an und machte Anstalten, mir die Luft abzudrücken. Besser wäre es, jetzt auf einer dieser Jollen mitzusegeln, hinüber nach Montevideo oder Colonia, die Füße im

Wasser baumeln zu lassen und die fliegenden Fische zu beobachten, doch ich wollte mehr, ich wollte einen Engel treffen.

An der Ecke gab es einen Kiosk mit Namen Tico Tico. Da kaufte ich eine Sportzeitung und versuchte den Inhaber auszufragen.

- Senator Rozental, wo denken Sie hin! Er schüttelte den Kopf. - Der spielt in einer anderen Liga, der kommt nicht eben mal vorbei, um Zigaretten zu kaufen oder ein Eis aus der Truhe, aber übermorgen hat er wieder einmal einen Jour Fixe, da parken die Gäste alle Straßen zu.

- Und da kann jeder hingehen?

- Vielleicht, er zuckte die Achseln, aber in diesem Land brauchen Sie immer eine Einladung, Empfehlung oder so was. Vielleicht versuchen Sie es mal über den Kongress, da wimmelt es vor Senatoren und Abgeordneten.

- Der Kongress? Ich überlegte: - Zu viele Gauner und Kretins!

Ich hatte eine bessere Idee: Mein Bridgepartner Leo Shapiro, ein Typ, der Gott und die Welt kannte. Der gab mir ein wappenbesetztes Empfehlungsschreiben, mit breiter, goldener Feder auf zartgelbem Büttenpapier geschrieben.

Rozentals Edomo

Es war eine der üblichen Barbecue-Feten mit Fleisch bratenden Pluderhosen-Gauchos, Gitarre spielenden Musikern, jungen Müttern beim gewohnten Familiengedöns und, weiter hinten, den dazugehörigen Männern mit anspruchsvolleren Themen: Fußball und Weiber. Und wenn einen von den Typen der Hafer stach, die Sonne unterging und ein kühler Wind vom La Plata heraufkam, dann sprang er in den Pool, in gestreiften amerikanischen Shorts, zuweilen im Fulldress und manchmal auch so, wie man vor dem Musterungsarzt steht.

Mir selbst war nicht nach Cannonballs und Arschbomben. Mit meinem Empfehlungsschreiben in der Hand stand ich ziemlich verlassen neben einer ausgemusterten Pferdekutsche, bis ein langnasiger junger Typ namens Juan erschien und mir ein Glas Sekt brachte.
- Businessman?, wollte er wissen.
- Nix, ich schüttelte den Kopf, Magier oder Escamoteur, wie man in Frankreich sagt.
- Und welche Spezialität?, hakte der Langnasige nach.
- Nun ja, ich überlegte, ich lasse Objekte verschwinden: Taschentücher, Münzen, Kaninchen und vielleicht sogar mal mich selbst, aber das ist schwer, weil ich zuweilen störrisch und wenig diszipliniert bin.
- Hudini Nummer zwei, das ist gut, meinte er, komm, ich stelle dich meinen Leuten vor, damit die wissen, wer da bei ihnen durch die Büsche schleicht.
Er fasste mich unter den Arm, und dann gingen wir

hinüber zu dem Zelt, wo schon einige Gäste saßen und deutsches Bier aus dicken Steinkrügen tranken. Und da war auch Andrés, der Typ, der damals das Auto mit dem Mädchen gefahren hatte: groß, blond und offenbar gut gelaunt. Mit seinem Glas in der Hand ging er von Tisch zu Tisch, machte lockeren Small Talk und lachte dröhnend, besonders über die eigenen Witze. Ob jemand den Unterschied zwischen Schweinen und Männern wusste, wollte er wissen. Keiner wusste ihn.

Juan machte uns bekannt, und Andrés grinste und meinte: - Alemán, nicht wahr? Wie geht es Señorita Nitribitt, der edlen Dame?

- Mausetot, sagte ich, ermordet und beigesetzt, und zwar ohne Kopf, wenn es dich interessiert.

- Ohne Kopf? Wie makaber. Er schüttelte sich. Kannst du mir sagen, was das soll?

- Schwer zu sagen, ich zuckte die Schultern. So ist das Gesetz in Alemania: Nutten sind ohne Kopf zu bestatten. Wohl, damit sie später in Walhall den gefallenen Helden keine schönen Augen machen, wer weiß.

Vielleicht hätten wir noch weiter palavert, Oliven gegessen und auf die Gauchos mit dem Barbecue gewartet, aber dann sah ich sie, die Schöne. Sie saß hinten am Ende eines Tisches in einem roten Trachtenrock und weißer Bluse und musterte mich, so als hätte sie schon auf mich gewartet. Ihre Haare waren offen wie neulich und ihre Augen noch immer schwermütig.

Was tun? Ich bin nie der Draufgänger, Typ Belmondo,

gewesen, der lässig, ein Streichholz im Mund, die Zähne bleckt, grinst und sagt: Hola chica, cómo estás? Zu blöd, zu einfältig für meinen Geschmack. Ich bin mehr für die intellektuelle Tour, aber dazu fiel mir jetzt vor Aufregung nichts ein. So mimte ich den Schwärmer, ging zu ihr hinüber und sagte, sie sei noch schöner als neulich hinter der Scheibe im Auto.

- Das kommt darauf an, meinte sie sibyllinisch, doch bevor wir weiterreden, solltest du mir einen Whisky holen, am besten schottisch, denn die Kellner, diese Lumpenbande, haben wieder die Order, mich kurz zu halten heute Abend. Aber wenn die sich mal nicht getäuscht haben.

Ich holte ihr den Whisky, Glenmorangie mit wenig Eis, und für mich holte ich aus Sympathie das Gleiche, obwohl ich eigentlich ein Freund dieser grünen Menthol-Getränke bin, und als sie auffordernd nickte, setzte ich mich neben sie.

- Ich bin Joana, das Schwarze Schaf der Familie, sagte sie, und jeder Arsch will mich bevormunden. Aber damit werden sie nicht durchkommen, die Gauner. Komm, lass uns trinken, bevor sich wieder jemand einmischt.

Sie hatte richtig vermutet. Plötzlich erschien Andrés, ihr Bruder. Er lächelte und sagte: - Joana, wir hatten eine Abmachung, hast du vergessen? Worauf sie böse funkelte, das Glas in einem Zug austrank und dann voller Wut gegen die Wand warf.

- Was ist los?, fragte ich verwirrt.

Ein Schluck, ist das schon zu viel?

- Diese Klugscheißer und Wichtigtuer, hol sie der Teufel! Sie legte ihren Kopf in den Nacken, schaute zur Decke und kämpfte mit den Tränen.

- Dann gehen wir eben hinaus!, meinte ich, da ist es lustiger, und neben dem Pool kann man tanzen.

- Gehen und tanzen?, wiederholte sie. Weißt du, was du da sagst? Nein, das weißt du noch nicht, weil du neu bist hier bei uns. Schau unter den Tisch, sieh meine Beine an, dann weißt du Bescheid, und wenn du es dann immer noch nicht raffst, nimm diese Gabel und stich hinein, in die Waden, in die Schenkel, in die Füße – überall kannst du hineinstechen, ich spüre nichts seit meinem Auto-unfall. Und damit soll ich tanzen? Machst du Witze?

- Tut mir leid, das habe ich nicht gewusst, sagte ich hilflos und erschüttert. Aber du solltest die Hoffnung nicht aufgeben: Ein Bekannter, Fritz Soundso, genau das Gleiche wie du, auch ein Unfall, die gleichen Symptome, Rollstuhl mit allem Drum und Dran, und jetzt nach zwei Jahren – er läuft wieder wie früher, nimmt die Treppe und lässt den Lift stehen.

- Danke! Das war lieb und artig, aber noch netter, du organisierst mir einen Scotch, ohne dass mein Bruder, dieser Blödmann, wieder dazwischenfunkt. Versprochen?

- Versprochen, sagte ich und schlug in ihre Hand ein. Die war warm und weich und zerbrechlich.

Jaife im Autokino

- Ha, das tut gut!, meinte sie, als sie auch das zweite Glas geleert hatte, und ich sah, wie die Traurigkeit aus ihren Augen schwand. - Lass uns hinunterfahren in die Parkanlagen, da ist es lauschig und dunkel: Viele Bäume, viele Seen, viel Grün und viele Autos mit Liebespaaren, fast wie im Autokino, wenn das Licht ausgeht.

- Interessant, sagte ich, kenn ich noch nicht, die Gegend.

- Nun ja, Begeisterung klingt anders, aber sowas hatte ich erwartet.

- Versteh mich nicht falsch, aber ich habe kein Auto. Wie soll das gehen, wie stellst du dir das vor?

- Dumme Ausrede! Wir nehmen ein Auto von Rozental.

- Und dann? Ich dachte an deine Beine, ich fürchte, das wirst du nicht schaffen.

- Meine Beine, die haben schon andere Sachen mitgemacht, lass das meine Sorge sein. Ich wiege fünfundvierzig Kilo, so wie diese Hepburn, da wirst du mich wohl hineinheben können, oder nicht? Rozental und mein Bruder tragen mich auch, wenn es nötig ist, für die ist das ein Klacks. Also, was ist?

- Okay, sagte ich und gab mich geschlagen.

Einer der Gauchos brachte einen Rollstuhl, wir halfen ihr hinein, und dann schob ich sie nach hinten zu dem Carport unter den Bäumen, wo die Wagen des Hauses parkten. Den Adenauer-Mercedes? Sie schüttelte den Kopf. Das ist das Familienauto, so großzügig ist Rozental nun auch wieder nicht, aber der Ford Falcon, da macht er keine Probleme. Und dann beugte ich mich hinunter zu ihr, sie legte mir die Arme um den Hals und ich hob sie heraus und trug sie hinüber zu dem Ford, und sie war tatsächlich federleicht – wie die Hepburn, das glaube ich schon, obwohl ich zugeben muss: Ich hatte sie nie in meinen Armen gehabt, die schöne Audrey.

Ich ließ den Motor an, ein kurzes Hupen, ein Winken aus dem Fenster, und wir fuhren los, vorbei am Hippodrom, dem Kunstmuseum und dem Zoo.

An den Seen und Tümpeln ging es hoch her in dieser warmen Sommernacht. Wagen für Wagen mit Liebespaaren auf der Suche nach einem Standplatz und am Straßenrand Verkaufsstände für gegrilltes Fleisch, Blutwürste, Maiskolben, Sandwiches und Rotwein in Krügen. Ein Pappteller Grillzeugs? Joana schüttelte den Kopf. Kein Appetit und zu schmuddelig das Ganze, aber Wein ja, da war sie dabei. Ich fand noch ein dunkles Plätzchen zum Parken, ziemlich weit hinten unter den Jakarandas, schaltete den Motor aus und das Radio an: Caruso, Neapolitanisches.

- Nun gib schon den Krug!

Joana konnte es kaum erwarten. Sie trank viel und hastig, und dann plötzlich, ohne Vorwarnung, rutschte sie zu mir herüber, schmiegte sich an mich und begann mich abzuküssen, dass mir die Luft wegblieb.

- Vorsichtig, nicht so stürmisch, du wirst noch den Wein ausschütten!

Aber das interessierte sie nicht. Sie machte weiter, mit

Bissen und allen Schikanen. Und ich selbst? Für mich war es eine neue, ungewohnte Art von Abenteuer, mit der ich nicht umgehen konnte. Der Kopf stand mir eher nach Wein und einem Steak als nach Knutschereien und diesen Dingen, was Joana wohl missverstand. Sie zerriss mein Seidenhemd und zerkratzte meine Brust, und ich wusste: Gleich würde sie mir an die Hose gehen und eine wilde Messalina werden.

- Du bist richtig süß, mein junger Freund, keusch und unbefleckt, spottete sie und machte weiter, du musst noch viel lernen.

- Unsinn, sagte ich hilflos, dummes Zeug, aber ich bin heute Abend nicht in Stimmung.

- So, so, meinte sie, sehr sonderbar.

Sie ließ mich los, ging auf Abstand, und plötzlich begann sie höhnisch zu lachen.

- Nicht in Stimmung, hast du gesagt, aber ich sage, du bist schwul, Junge, stockschwul, ein *Maricón*, eine richtige Schwuchtel. Warum, zum Teufel, bin ich nur nicht früher darauf gekommen!

Das reichte! Alles hätte sie mir vorwerfen können: Blödheit, Tölpelhaftigkeit und was weiß ich. Aber bei Tunte, Homo, Schwuchtel – da hörte der Spaß auf. Ich drehte mich zur Seite, öffnete das Handschuhfach und begann zu suchen, ohne zu wissen wonach. Irgendwann fand ich Zigaretten, das heißt eine einzige nur. Ich zündete sie an, hustete und überlegte. Rauchen ist gut und entkrampft, so heißt es immer, man wird ruhig, während das Feuer glimmt und der Rauch zur Decke steigt. Bloße Theorie, alles falsch, denn die Zigarette wurde kürzer und kürzer und ihre Glut verbrannte meine Fingerkuppen. Noch ein Zug, dann war es vorbei. Ich würde das Fenster öffnen, die Kippe hinausschnipsen, ohne zu wissen, wie es weitergehen sollte.

Doch dann ein panischer Schrei, markerschütternd wie in einem Horrorfilm. Joana hatte den Mund weit aufgerissen und deutete mit schreckstarren Augen durch die Windschutzscheibe nach draußen, wo ein Riesenkerl mit schwarzer Maske im Mondlicht auf unserer Kühlerhaube kauerte und durch das Fenster hereinspannte.

Was er wollte? Ich überlegte. Bloß weg von hier, sagte mir eine innere Stimme, weg, bevor er seine Pistole herausholt, und, peng, peng, peng, die Scheibe zerschießt und dann unsere Köpfe. Ich startete, setzte zurück und nach vorn, ließ den Wagen ein, zwei Sprünge tun, und dann brauste ich los, durch das Gebüsch hindurch, dort, wo es dicht und spitz und dornig war. Irgendwann hatte ich ihn abgeschüttelt.

- Den sind wir los, den Strolch, Gott sei Dank!

Ich fühlte, wie meine Ruhe zurückkehrte und hob die Hand, um mich zu bekreuzigen. Doch dann hatte ich eine andere Idee. Ich wendete und fuhr zurück. Auf dem Steg entdeckte ich ihn wieder, den Voyeur, und ich sah im Scheinwerferlicht, wie er seine zerkratzten Arme in dem Tümpel kühlte. Unmaskiert sah er wenig bedrohlich aus, eher ängstlich mit seinem Babyface und der Hasenscharte auf der Oberlippe. Vielleicht wäre er weggelaufen, aber dazu war es jetzt zu spät.

Ich stieg aus, ging auf ihn zu, und als er wimmerte:

- Nicht schlagen, bitte!, klopfte ich ihm auf den Rücken, so wie man einen guten Freund begrüßt, den sie gerade aus dem Knast entlassen haben.

- Meinen Dank, Junge, sagte ich, und vergelt´s Gott!

Und hätte ich noch Zigaretten gehabt, wir hätten uns zusammen auf den Steg gesetzt, ein paar Züge getan und in den Mond geschaut.

Bei den Verkaufsbuden Wochenend-Jaife: Nachtschwärmer mit Papptellern und Bechern in der Hand, in Erwartung des Sonnenaufgangs. Joana hatte sich wieder beruhigt und schaute mich ungläubig von der Seite an.

- Noch einen Kaffee?, fragte ich.

Sie schüttelte Kopf: - Fahr mich nach Hause, mach schon!

Wir fuhren stillschweigend, aber als wir am Reitclub vorbeikamen, fing sie wieder an.

- Verrückt, verrückt! Mit einer Schwuchtel im Liebesgarten! Hat man sowas schon gehört! Warum hast du nichts gesagt? Wir hätten uns den Schrecken erspart.

- Schwuchtel? Ich wollte dementieren, protestieren, erklären und von Isabell erzählen, mit der ich lange zusammengewesen war – zur beiderseitigen Zufriedenheit übrigens, wenn ich das mal so sagen darf. Aber ich ließ sie in ihrem Glauben.

War besser so für das arme Ding mit den wunderbaren

Augen, dem langen, blonden Haar und den traurigen Beinen.

- Tut mir leid, sagte ich deshalb und versuchte ein betrübtes Gesicht zu machen, so wurde ich geboren, so werde ich sterben.

Ich fuhr sie bis vor die Haustür und klingelte wie verabredet nach Andrés. Der erschien, und als er sie mit geübtem Griff auf seinen Arm genommen hatte, um sie hineinzutragen, da war es wieder, dieses spöttische Grinsen auf ihrem hübschen Gesicht, und sie sagte:

- Chau, Tunte! Soll ich dir noch einen Schwulenwitz erzählen?

- Schwulenwitz, besser nicht, ich schüttelte den Kopf, da bin ich sehr empfindlich, musst du wissen, aber ein Hurenwitz, wenn du da einen hättest …

Glossar

Abogado	Span.: Rechtsanwalt
Argan	Figur in Molières eingebildetem Kranken
Black Pudding	Britische Blutwurst
Bram Stoker	Irischer Autor, Erfinder des Dracula
Cannonball	Engl.: Arschbombe
Cante Jondo	Vocalstil im andalus. Flamenco
Dalida	Franz. Popsängerin (+ 1987)
El Pibe	Span.: Der Bengel, Kosename von Maradona
Empanada	Gefüllte Teigtasche
Estancia	Lateinamerik. Hacienda
Glenfiddich, Speyside	Schott. Whiskymarken
Haddock	Engl. Schellfisch
Haggis	Schott. Innereien-Nationalgericht
Haikku	Tradition. japan. Gedichtform (Dreizeiler)
Harlekin	Narr in der Commedia dell' Arte
Hepburn, Audrey	Engl. Filmschauspielerin („Sabrina")
Herend	Ungar. Porzellanmanufaktur
Hola chica	Span.: Hallo, Kleine
Jakaranda	Blau blühender Palisanderbaum
Jaife	Span. Verballhornung von High Life

Kublai Khan	Mongolenherrscher und General
Lisi, Virna	Italien. Filmdiva
Maradona, Diego	Argentin. Ex-Fußballprofi
Maricón	Span.: Schwuler
Matheson, Karen	Schott.-gälische Folkloresängerin
Mierenneuker	Niederländ.: Ameisenficker, Korinthenkacker
Mastroianni, Marcello	Italien. Ex-Filmschauspieler
Messalina	Triebhafte Gattin des Claudius
Morro	Riesenfels an der chilen. Küste
Nada	Span.: nichts
Night in Tunisia	Jazz-Standard von Dizzy Gillespie
Olivos	Nördl. Vorort von Buenos Aires
Ombú	Elefantenbaum
Pálinka	Ungar. Obstschnaps
Pinamar	Argentin. Seebad am Atlantik
Piropo	Span.: galante Schmeichelei
Querida	Span.: Meine Liebe
Remonstranten	Protest. Religionsgemeinschaft
Rendörség	Ungar. Polizei
Retiro	Stadtteil von Buenos Aires
Riachuelo	Bach im Süden von Buenos Aires
Sake	Japan. Reiswein
Sargento	Span.: Sergeant
Scots	Dritte Sprache Schottlands
Semana Santa	Karwoche
Seppuku	Japan. Suizid-Ritual (Harakiri)
Single Malt	Schott. Premium-Whisky

The Sultans of Swing	Popsong der Dire Straits
Videla, Jorge	Argentin. General und Diktator
Willy-nilly	Engl.: Aufs Geratewohl
Zapateado	Lautes Fußstampfen beim Flamenco

Wilfredo Lange

Gracielas Hintern
Bordellromanzen und lasterhafte Erzählungen aus einem Land unter dem Haar der Berenike

Und das soll schon alles gewesen sein! Fred B. Nielsen, Hamburger Professor, zieht Bilanz und fliegt zurück an den La Plata, auf der Suche nach seinen verlorenen Träumen. Er trifft sie wieder: alte Freunde und vergangene Lieben, aber auch kleine Huren und liebenswürdige Flittchen, mit denen die große Stadt reich gesegnet ist. Am Ende muss er feststellen: Alles fließt, nichts bleibt.
Erotische Geschichten über Liebe, Sex und Tod.
„Spannende, nostalgiegeprägte Skizzen, Flucht vor der Rundumsicherheit der Zivilisation, ein Reiz, dem sich der Leser nicht entziehen kann."
Rheinische Post, Düsseldorf

Shaker Media
ISBN 978-3-86858-322-9
139 Seiten, Paperback
12,90 Euro

Wilfredo Lange

Graciela nimmt Maß
Wollust und Tod unter dem Sternbild des Schlangenträgers

Ist Graciela ein Flittchen? Klar, dass sie das ist – und was für eins! Und ihr Chef Fredo ein Puttaniere, ein Hurenbock, wie Angeletta Venturinis Mann gemeint hat. Könnte man denken. Bleibt noch Erico, der mit einer durchgeladenen CZ 75, Kal. 9 mm Luger, in seiner Parka durch die Hafenkneipen von Puerto Montt zieht.
Ein Mörder? Man wird sehen – quien vivirá, verá. Denn der menschenfreundliche Schlangenträger Äskulap schützt uns alle vor dem Biss der Schlangenfrauen.

Shaker Media
ISBN 978-3-86858-571-1
131 Seiten, Paperback
12,90 Euro

Wilfredo Lange

El Cóndor Pasa
Patagonische Erzählungen

Kann Jón fliegen, einfach so, mit ausgebreiteten Armen, hinweg über die Gipfel der Anden? Blasen die Mapuche Trompete, wenn sie frühmorgens im Fluss baden? Wie kopuliert man in der Raumkapsel eines japanischen Love-Hotels? Warum hetzt Fredo S. Gibbonaffen über die Dächer von Buenos Aires, prügelt sich mit Zuhältern und pilgert nach Canossa? Fragen über Fragen, metaphysisch wie die Theodizee.

Ungewöhnliche Menschen: Abenteurer, Lumpen und Spieler – tragische Existenzen unserer Gesellschaft in ihrem Leben zwischen Traum und Wirklichkeit. Von leichter Hand geschriebene Geschichten, sarkastisch, trocken und mokant.

Shaker Media
ISBN 978-3-86858-632-9
109 Seiten, Paperback,
12,90 Euro

Wilfredo Lange

Gesang in den Maisfeldern von Eddyville
Lasterhafte, verrückte Erzählungen

Das Schicksal hat einen langen Atem, Melody einen längeren. Seit fünfzig Jahren verfolgt sie den Erzeuger ihres Kindes um die halbe Welt. Ob sie ihn findet? Warten wir ab! Eddyville und andere Boy-meets-Girl-Geschichten, in denen es nicht beim Händchenhalten bleibt, Geschichten aus New York, Los Angeles, Budapest, Düsseldorf, Cochabamba, Rio und den schottischen Highlands. Wie schon in seinen Cóndor- und Graciela-Büchern, schildert der Autor Abenteurer in ihrem Leben zwischen Traum und Wirklichkeit.
Seine von leichter Hand geschriebenen Storys, sarkastisch, trocken, mokant und ziemlich frivol, faszinieren immer wieder mit ihren überraschenden Wendungen.

Shaker Media
ISBN 978-3-86858-997-9
124 Seiten, Paperback
12,90 Euro

Wilfredo Lange

Mit fremden Teufeln tanzen
Malbec in Mendoza und andere Erzählungen

Ein Mord unter einem Windrad gleich um die Ecke und der teuflische Showdown in den Anden, ein Selbstmörder auf dem Kavanagh-Hochhaus am La Plata vor dem Absprung, ein Grenztruppenoberst mit seiner Makarow im Holster, ein traumatisierter Algerienkämpfer in der Einsamkeit der Taiga, ein Ringkampf mit einem Riesenweib aus der Berghöhle, und andere Erzählungen aus zwei Kontinenten.

Auch hier wieder schildert der Autor in sarkastisch-trockener Sprache ungewöhnliche Menschen, tragische Existenzen unserer Gesellschaft in ihrem Leben zwischen Traum und Wirklichkeit.

Verlag Monsenstein und Vannerdat, Edition Octopus
ISBN 978-3-95645-511-7
131 Seiten, Paperback, 11,50 Euro

Wilfredo Lange

Der Mentsch tracht und Got lacht
Eine Roadstory

„Liebe ein Mädchen, du wirst es bereuen, liebe sie nicht, du wirst es auch bereuen." W. kennt die Kierkegaard-Sentenz und fürchtet die Reue. Gleichwohl liebt er eine Terroristin (pikanterweise in einer Hängematte), verliert sie in den Wirren des Bürgerkriegs am La Plata und begibt sich auf die Suche nach ihr. Guerilla, Terror und schmutziger Krieg in Südamerika, dazu eine abenteuerliche Love- und Road-Story von den Anden bis in die Bretagne.

Edition Octopus im Verlagshaus Monsenstein und Vannerdat Münster
ISBN 978-3-95645-813-2 (Paperback) oder 978-3-95645-830-9 (Hardcover)
176 S. 13,10 Euro (Paperback), 18,00 Euro (Hardcover)